CW00459799

Une femme sans qualités

Virginie Mouzat

Une femme sans qualités

ROMAN

Albin Michel

à A.

Cette lettre est pour toi. Pour que tu la lises avant d'aller plus loin. Avant de renoncer. Avant ce stade où il est déjà trop tard. Tu m'as beaucoup regardée tout à l'heure, mais que sais-tu de la fille que je suis ? Tu ne me connais pas. Tu ne connais qu'une surface. Tu n'as goûté qu'un vertige. Tu m'as quittée il y a deux heures. Mais tu ne sais rien. En général, un homme et une femme s'écrivent pour se dire qu'ils pensent l'un à l'autre. Moi, c'est pour te dire qui je suis car tu ignores encore de quoi je suis faite. Alors, lis cette lettre jusqu'au bout. Sinon tu pourrais me haïr de ne pas t'avoir prévenu.

Je suis belle, grande, le genre de fille qu'on voit de loin dans la rue et dont on se dit, c'est une bombe, puis de plus près, c'est une jolie fille, et puis au lit, elle est bien foutue. Autant dire que j'en mets plein la vue et que c'est pratique. Comme si je me déplaçais derrière un paravent. Celui de mon corps. Il m'isole du monde et me protège, il fait écran, empêche l'accès, brouille la vue de ceux qui voudraient m'atteindre. Il agit comme une politesse qui neutralise tout.

Souviens-toi de notre première rencontre.

Souvent on regarde mes talons hauts et on me dit, tu es trop grande. Je me place juste au-dessus du niveau de la mère, c'est tout. Les talons des femmes commencent à subjuguer les filles lorsqu'elles ne sont encore que des enfants. C'est une cambrure morale, une pose, une façon particulière de rentrer en contact avec le monde. Entre grâce et immense précaution. Les talons, c'est un son avant une présence, c'est un martèlement qui vous escorte. Et j'ai besoin d'être escortée, tu vois. Par mille choses. Par mon corps-paravent et, pourquoi pas, par le bruit de mes pas. Les regards insistent, comme s'il me fallait descendre sur-le-champ d'une estrade qui énerve. Les hommes voient là un symbole phallique qui les fait viser bas. Parfois, je crois que je veux être comme tout le monde, que je veux me conformer. La vérité est que je veux tuer. Que je veux déchirer tout ce qui m'empoisonne. Parfois, je casse des choses de rage. Une applique, un téléphone, une passoire et parfois une gueule, bref, ce qui est à la portée de ma colère au moment où se lève cette vague qui crispe mes muscles. Ça hurle au-dedans. Ça pousse, ça tire. Ça chahute. Ça veut sortir mais ça ne peut pas. C'est là, c'est ça, c'est ma colère. Commencent ensuite les règlements de comptes, avec les femmes, les autres, celles dont je ne fais pas partie. Elles sont autour de moi, elles sont partout. Ces jours-là, je pense que j'aurais mieux fait de ne pas vivre.

Très tôt je me suis acheminée vers un destin de pierre.

Moi, dont les médecins à la naissance avaient dit qu'il ne fallait pas s'attacher à cet enfant en couveuse – ne lui cherchez pas de prénom, elle ne vivra pas, avaient-ils lâché –, je crois que c'est là qu'est née la colère. En même temps que moi. Elle et moi sommes venues au monde ensemble. Ce qui me revient, c'est cet arrière-goût de catastrophe attaché à ma naissance. Je me révolte contre une impossible inversion des choses, contre un état de grâce enfui, un état de grâce rêvé – a-t-il jamais existé quelque part dans l'enfance ? avant l'enfance ? –, et même s'il n'existe pas, je m'en persuade, il a bien dû me porter quelques secondes, furtivement. Ce n'est pas de vengeance, tu sais, ni de lutte qu'il s'agit, la colère, c'est juste un acte de vie très solitaire, la seule chose dont je me dise, ça n'appartient qu'à moi, un no man's land où je me sens être quelqu'un, une jouissance en creux, un truc qui dissout la différence vertigineuse entre moi et les autres. Peut-être est-ce à cet instant la seule façon, pitoyable j'en conviens, de faire entendre ma voix. Alors oui, j'en viendrais aux mains avec l'humanité entière et, paradoxalement, c'est la seule façon que j'aie de rencontrer quelqu'un. Je me démasque. Suis-je une folle qui dit la vérité ? Peu importe. Parfois, j'en viendrais aux mains avec moi-même. Je serais capable de me tuer, façon de dire « regardez ce que vous me poussez à faire », de m'immoler dans un acte de violence, d'être violente parce que ce qui est advenu depuis que je vis est absolument violent.

12

Je n'ai pas d'enfants. Je n'en aurai pas. Jamais. Je ne me suis pas appariée avec un mâle reproducteur. Je ne veux pas habiter à toute force avec ce type d'hommes. Je n'aspire pas au bonheur conjugal, au concubinage, à la grandeur de l'adoption, au dépassement de soi, au secours à l'autre. Je ne suis pas aux abois. Je ne regarde pas ma montre. Je n'ai pas ce souci du temps, je méprise l'urgence dans laquelle elles se mettent toutes. Je n'aime pas mes parents qui me le rendent bien. Ils ne sont pas divorcés. Ils ne m'ont pas maltraitée. Je suis du genre dont on dit « elle en fait trop » lorsque je suis gaie et « elle prend des poses » lorsque je suis renfermée, je suis du genre qui s'excuse d'être pas mal. À l'école catholique où m'avait inscrite une mère qui n'était pas contente de vivre, j'envisageais une vie de sainte, je dévorais leur biographie, je savais tout sur Bernadette, je rêvais de voir ce qu'avait vu la petite Thérèse, je chantais seule dans la chapelle sans rien comprendre à ce que j'attendais, ce qui ne m'empêchait pas de fantasmer sur les photos d'Henry Clarke ou d'Irving Penn et sur le nom mystérieux de Lisa Fonssagrives. À cette même époque, je m'écroulais en larmes pendant la confession obligatoire en m'excusant de tout. Le prêtre me rendait à la vie en posant sa main sur ma tête, en me disant «tu es une bonne fille de foi». Le temps de rentrer chez moi, je répétais à mes parents défaits qu'il m'avait dit que j'étais une bonne fille de joie.

J'ai des raisons d'être là où j'en suis, de t'écrire ce que je t'écris, mais rien de sensationnel non plus. Je suis un peu monstrueuse. Je ne m'attache pas. On ne m'attache pas. Il y a moi et les autres. L'autre race. Elles. Elles, les autres femmes. Elles sont partout, elles ont la force pour elles, elles dominent, occupent tout l'espace. Je les regarde de loin, toutes gencives dehors lorsqu'elles sourient, babines dégoulinantes, lèvres peintes, yeux faits, sexe qui pond. Je les vois et je m'écarte de leur route. Je ne suis pas comme elles. Je joue à être elles. Je porte un masque et déjoue leurs trucs. Très tôt, elles ont été l'autre race. Dès que j'ai su, à dix-huit ans, que mon corps ne marchait pas comme le leur, qu'il ne ferait pas comme le leur.

Avant cela, j'avais un corps d'enfant. Pas formé, pas développé. Une grande petite fille. Être enfant jusqu'à dix-huit ans, c'est une liberté formidable, c'est un monde sans seins, sans règles, ce sont les premiers frissons de l'androgynie, c'est être une petite garçonne féminine et frondeuse pendant que les autres filles de mon âge se démenaient avec leurs chairs en pleine mutation. Et pour la plupart cela monopolisait leur intelligence.

Cette enfance n'a été qu'un long isolement. Je parlais aux arbres mais très peu aux gens, et surtout pas aux enfants. Il me semblait être accompagnée en permanence d'une autre moi-même. Je me sentais constamment en observation et parfaitement seule. J'avais trop de conscience. C'était comme une sorte de nausée. Un malaise sans objet. Marchait sans cesse devant moi cette autre, ce double, une représentation de moi-même, hagarde, poreuse à toutes les ondes qu'émettent les arbres, les murs, les êtres, les éléments, accessible aux nuances et au vide des choses. Il me semblait que, entre cette autre et moi, au lieu d'une gémellité réconfortante et complice, se creusait un vide de questions, de tâtonnements, une aspiration vers des parages où je m'abîmais dans des explorations spéculatives au sujet de l'existence. Je croyais impossible qu'on s'adresse à moi directement et non pas d'abord à cette autre lunaire, qui me transmettait les messages escortés d'un tourbillon de questions. Bref, j'étais incapable de premier degré. Je ne comprenais rien à ce qui m'arrivait sans l'entremise de cette autre, me délivrant ses énigmes en dehors desquelles tout me paraissait dépourvu de sens.

J'avais du mal à respirer, mal au cœur, je me traînais sous une apparence de fille coquette, jolie même, de qui pourtant l'immédiateté, la jouissance du temps présent, l'énergie vitale la plus élémentaire, la disponibilité des êtres envers elle-même se trouvaient hors d'atteinte. Parfois, je tentais de me débarrasser de cette autre, je cherchais à me défaire de ce qui dans de brefs sursauts d'autonomie m'empêchait d'être simplement, mais alors plus forte que mes brusques voltes, la réalité s'offrait à moi dans son incroyable évidence. Le temps de battre des cils et tout s'obscurcissait. J'avais peur sans mon double.

Une femme sans qualités

Très tôt, j'ai été insomniaque, ce qui dès l'âge de douze ans m'a donné le sentiment d'accomplir quelque chose de très adulte. Il s'ensuivait des journées cotonneuses. J'évoluais dans un état intermédiaire, entre veille et sommeil. J'y voyais la manifestation de n'être nulle part à ma place, ce qui, loin de me gêner, prolongeait l'état de stupeur proche de la prière dans lequel je m'abîmais à la chapelle de l'école, ou bien seule, allongée dans l'herbe du jardin de mes parents, après les cours, les yeux perdus dans le ciel d'été. Je n'ai rien vu venir de la mythique adolescence. Mon corps n'a rien ressenti de ce temps hyper-sexuel. Je n'en faisais pas partie. J'étais absente de ce timing-là. Bien sûr, j'entendais parler des premières règles. Je voyais des corps changer, j'assistais à des mutations plus ou moins anarchiques, attendues et imprévisibles. Moi, je ne bougeais pas. Je m'étirais. Je ne trouvais rien d'inquiétant à cela. Je trouvais naturel que la normalité m'épargne. Car je ne voyais rien de commun entre les autres et moi. Je flottais, étrangère à elles, ces petites femelles qui s'inscrivaient sans broncher dans la continuité de leur mère.

Plus tard, j'ai vu des filles qui le faisaient. Je me suis mise à penser : il va falloir embrasser des garçons. Ouvrir la bouche et mettre la langue dans leur bouche comme le font des centaines d'autres filles, d'autres femmes. Ah oui, et puis aussi écarter les jambes, pour qu'un garçon ou un homme me pénètre. Il va falloir faire cela. Ce geste étrange que je n'assimilais pas à l'amour, ce geste que font les autres femmes avec les hommes. C'est par les hommes que les femmes me sont devenues encore plus étrangères. Comment pouvaient-elles, elles, se plier à cela ? Où avaient-elles appris ces gestes, ces cris, ces oh, ces ah de plaisir ? Et ce désir ? Là dans leur corps, d'où leur venait-il, comment y avait-on accès ? Je ne comprenais rien parce qu'à moi, ça n'arrivait pas. C'est alors qu'il a fallu que je fasse comme elles et qu'elles sont devenues les autres.

Jamais un corps n'aura autant servi à rien que le mien. C'est curieux de l'énoncer ainsi mais c'est comme s'il avait été programmé dès le départ, comme si une instance divine avait voulu que ce corps-là, le mien, se refuse à rentrer dans le rang. Quel rang ? Celui des filles qui deviennent des femmes, celui du sang qui coule de leur sexe et qu'on appelle des règles, celui de l'enfantement et de la transmission, celui des mimétismes qui passent de mères en filles. Chez moi, rien. Rien que du stérile. Pas d'ovaires, m'a-t-on lâché lorsque j'ai quitté l'hôpital à la suite d'un bilan médical, j'avais dix-sept ans. Pas d'ovaires, madame, donc votre fille est stérile. Le médecin s'adressait à celle qui était venue me chercher. Mais ce n'était pas ma mère. Je ne suis pas sa mère, elle a dit. Ce n'était pas ma mère parce que c'était ma tante, la jeune sœur de ma mère. Le médecin l'a regardée sans comprendre. Douze ans de plus que moi, l'air à peine aînée, ma tante s'est ensuite tue. Elle représentait quelqu'un qui n'était pas là, dont elle n'assumait pas le rôle. Un leurre. Pourtant, elle ne prétendait être personne d'autre qu'une jeune femme, assise là, sans convictions, sans peur, sans chagrin, un témoin sans rancune contre personne, sans prise sur moi, une jeune femme qui était juste là et n'était pas préparée à ce qui se passait. Elle n'a pas pu venir, elle a ajouté. Je ne réagissais pas, j'étais un bloc de pierre. Ce n'était pas un

19

choc, c'était la reconnaissance qu'autre chose m'attendait. Je savais que c'était mon heure, mon tour. Je ne comprenais rien, non pardon, j'avais déjà tout compris. Je n'avais qu'une envie, crier à la face de ce médecin sans délicatesse que je le savais déjà, qu'une prescience confuse m'avait déjà avertie de tout ça. Je venais de subir une semaine d'examens dans le service de maternité où toutes les patientes étaient enceintes jusqu'aux yeux et il concluait que j'étais stérile. Après sa déclaration, j'étais revenue chercher mes affaires près de mon lit et j'étais donc repassée au milieu de ces femmes alignées sur leur lit le ventre gros, confites dans l'attente. Même sur le visage de celles qui dormaient, je croyais lire « alors ? » parce qu'en quelques jours, j'étais devenue leur mascotte, leur poussin, la gamine à qui on évite le pire, un enfant si jeune, si tôt, un accident, la pauvre, elle ne savait pas. J'avais accepté le roman qu'elles s'étaient raconté. Mais devant elles, j'ai eu envie de leur dire que je venais d'apprendre un heureux événement, mon heureux événement, celui qui ouvrait toutes les portes, sans me rendre compte qu'elles étaient désormais de l'autre côté du miroir et que moi je devais emprunter un chemin solitaire, sans ovaires et munie d'un utérus de la taille de celui d'une fillette de douze ans. Ça avait le goût du défi. Quelque chose allait commencer. Et au même moment quelque chose prenait fin : la possibilité d'être mère moi-même. Jamais ça ne m'arriverait et ç'a été d'emblée un soulagement immense. L'heureux événement, c'est que je pouvais rompre avec la race des femmes, avec les enceintes et les autres, et à travers elles avec la maternité, avec cet immense esseulement de l'enfance, avec les larmes et la défaite que j'avais vues chez moi. Je disais adieu aux années d'enfance errante, j'avais enfin un destin. Depuis ce jour-là, j'ai laissé la possibilité d'une famille derrière moi, j'ai abandonné l'idée que je pourrais être accompagnée d'enfants qui seraient les miens. À la minute où ce professeur nous a annoncé, à ma tante et à moi, que j'étais stérile, je me suis sentie très ancienne, oxydée comme un métal, je regardais la scène en surplomb, mes yeux étaient secs, je ne pleurais pas. Ma tante non plus.

Très vite un autre médecin a décidé qu'il

fallait d'urgence mettre au point un traitement hormonal. Dans ma tête d'enfant de presque dix-huit ans, j'ai vu dans ces médicaments à prendre tous les jours et pour le reste de ma vie la preuve tangible de ma différence. Le paradoxe, c'était que ces médicaments allaient provoquer des saignements qu'il me faudrait appeler des règles et féminiseraient autant que possible ce corps androgyne dont j'étais inconsciente. C'est ce qui s'est passé. En quelques mois, mon corps de gamine libre est passé de l'autre côté de l'enfance. Tout était en place pour que je m'affilie, pour que je leur ressemble. Même mon corps stérile pouvait faire comme si, avec ces médicaments. Pourtant je sentais que je ne pouvais pas rejoindre la race des femmes. Que je ne leur appartenais pas. Là a commencé l'ouverture formidable vers la fiction d'un autre destin, vers une condition imaginaire rêvée, vers la possibilité insensée de n'être ni fille ni garçon. Un entre-deux étrange, un état hybride qui me permettrait de me faufiler entre les genres, entre les désirs, qui allait me donner l'occasion, je le pressentais, de tout observer sans y prendre part, d'être là et ailleurs, de ne jamais être enfermée. Ce n'était pas un début comme un autre. C'était l'illusion enivrante de la toute-puissance. Je me figurais entrer dans un paradis, un stand-by édénique, où mon corps, au-dessus des lois, n'appartiendrait pas à ce monde, ne ferait pas comme celui des autres, où il serait maître de ses sensations, clos sur lui-même, intouchable et éternel. Quelque chose de fou et d'absurde, un avenir irréel qui me porterait, je m'en étais persuadée, au-delà du handicap à quoi on prétendait m'associer.

Alors j'ai commencé à prendre ces médicaments. Comme il le fallait. Mon sexe s'est mis à changer. Des poils y ont poussé. Mes seins m'ont fait mal à hurler. C'était un bouleversement violent, mon corps a été forcé par les hormones et avant ça par l'équipe médicale qui m'a déflorée chirurgicalement. C'était mieux ainsi. La première fois qu'un garçon m'a pénétrée, un an plus tard, je n'ai rien senti. Les gens ne voyaient rien. La métamorphose commençait seulement, les signes étaient imperceptibles. Mon corps ne montrait rien. Ou presque. C'était le paradoxe confortable dans lequel je m'installais, une féminisation invisible. Il n'a pas connu de mutation spectaculaire. Je suis restée sans hanches et sans seins, ou si peu. J'avais le sentiment que je gagnais sur tous les fronts. J'étais féminine mais ça ne se voyait pas. J'aimais ça. Le matin je devais penser à prendre ce traitement. Je devais ne pas oublier de leur ressembler, à elles, aux autres, mais je n'en pensais pas moins. Depuis ce moment-là, les femmes, celles qui jouissent et qui enfantent, celles qui ont leurs règles et qui en parlent, celles qui commentent leur humeur, toutes « celles qui », n'ont jamais cessé de me hanter.

Je suis infiniment seule, ça ne se voit pas. Enfin, je préfère croire que ça ne se voit pas. Et je suis plutôt douée pour ça. J'ai commencé très tôt à être seule, bien avant de découvrir que le monde se partageait en deux. J'avais découvert qu'il fallait un passeport pour être admise par le monde. Certaines préfèrent qu'on dise d'elles, c'est une salope, d'autres, elle est gentille. Pour la première catégorie, il faut des nerfs d'acier. Je ne les ai pas. Quoique. J'ai donc opté pour la gentillesse, un trait de caractère poreux, une qualité passe-muraille qui permet de distribuer

des coups sans que ça se voie et qui ménage mon
état nerveux. Le risque ? S'entendre dire qu'on
est ennuyeuse. Mais je n'étais pas ennuyeuse. Je
ne le suis pas et ne veux pas l'être, je m'en vais
avant. Je ne donne pas de mes nouvelles. Je
n'appelle pas pour en demander. Je peux faire
semblant de rire et de parler, de m'intéresser,
mais en vérité rien ne m'intéresse.

Helmut Newton est mort il y a quelques mois. Tu as dû regarder toi aussi toutes ces filles à poil qui ont déferlé dans la presse récemment. Je me suis replongée dans ses photos et j'ai vu combien, lui aussi, comme moi, était hanté par les femmes, par leur sexe, leur soumission dominatrice. Sa mort a fait ressortir le catalogue de corps que l'esprit peut mettre en scène. Il m'a semblé qu'il regardait les femmes d'un même point de vue que le mien : le vide, la surreprésentation des désirs et l'absence de plaisir, la caricature qu'il est possible d'en faire.

Il avait quatre-vingt-trois ans. Toute sa vie, il a vu des seins, des chattes, des culs, des cuisses, des poils, des cheveux, des bouches, des femmes, quoi. Et la dernière chose qui se soit imprimée sur sa paroi rétinienne, c'est le mur contre lequel il s'est pulvérisé. Un mur comme le fond d'un studio monumental. Mais ce déluge de seins, de jambes et de bouches couchés sur tirages noir et blanc a attisé les malentendus. Pendant la Seconde Guerre mondiale, le jeune Helmut Neustädter couvé par sa mère fortunée avait fui Berlin sous la déferlante nazie pour aller se planquer à Singapour, jouer les gigolos et baiser de riches paresseuses avant la déportation des juifs en Australie. Brusquement, au moment de sa mort, j'ai eu le sentiment d'endosser le deuil d'un octogénaire dont les photos dévoilaient sous forme de nécrologies une pluie de femmes que j'ai regardées, en ne voyant que les indices de leur vide intérieur. Le monde pleurait, stupéfié à l'idée que se tarissait ainsi une vie sexuelle sur papier glacé, et moi je regardais les fantômes de ces filles qui semblaient au comble de la complétude sexuelle, qui avaient tout ce que les hommes leur réclamaient, tout ce que les femmes fantasmaient, qui faisaient bander. Je me suis replongée dans la solitude luxueuse de ces femmes nues couchées sur un tapis de fourrure, prises en photo dans un appartement du quai d'Orsay. Elles étaient aussi seules que moi, isolées à jamais dans le vide de leurs postures, captives de leur corps. On ne leur avait pas dit, tu seras stérile et toute la vie il faudra te gaver d'hormones, mais le destin les avait enfermées, elles aussi, dans un corps dont la photo ne les a jamais délivrées, bien au contraire. Tu vois, pour que tu comprennes de quoi je parle, tu dois réaliser qu'elles sont mes sœurs, auxquelles a été jeté un sort pas si éloigné du mien. Elles aussi ont porté leur enveloppe comme une armure, figées dans un malentendu vertigineux. Elles aussi ont dû adhérer à un corps qu'on leur a fabriqué. En dehors de l'objectif de Newton, qui étaient-elles, existaient-elles ? Avaient-elles une vie, une maison, un intérieur, des chats ? Perdaient-elles leurs cheveux ? Avaient-elles des caries ? Achetaient-elles du lait ? En les regardant, tu vois, je me demande dans quel espace, entre le papier glossy et leur état civil, se trouvait leur véritable identité, leur véritable corps. Le monde s'est branlé sur leur image, mais est-ce que ça les concernait ? est-ce que ça leur faisait mal ? Sur les photos, elles étaient censées inspirer du désir.

Étaient-elles là pour prendre du plaisir ? Pas sûr. Est-ce que ça les laissait infiniment seules ? Je crois. Moi aussi, je plane entre deux îles, le corps que la médecine me donne et le rêve de moi que je me suis inventé, cette autre qui échappe aux autres, qui glisse des mains de ceux qui veulent me saisir. Dès l'âge de dix-huit ans, je me suis vue comme une image.

Même signés Newton, tous les clichés mis en scène par lui, ce fils de bonne famille berlinoise, n'ont été finalement que des clichés de fils de bonne famille. La bonne, la maman, l'instit, la mondaine, la bourgeoise, l'aristo, la partou-zarde, la huppée, la pouliche de la gentry, la pute de haut vol, bref, toutes les figures autori-taires, ambivalentes, consentantes ou s'ébrouant sous le joug du machisme ont défilé ainsi. Les filles de Newton en ont été prisonnières. Après sa mort, peut-être t'en es-tu aperçu, Newton n'a jamais autant traîné dans les soirées en guise de sujet de conversation, n'a jamais donné envie à ce point aux femmes de ressembler à ses girls, plaçant mateurs et voyeuses sur le même plan, en prise directe sur le courant porno chic. Dès ce mois de janvier, tous ses clichés de filles vides ont déboulé dans tous les magazines, les dîners en ville, reproduisant à l'infini l'énigme d'un désir formaté. Laquelle choisirais-tu ? Si tu me voyais sans me connaître, à laquelle de ces femmes m'associerais-tu ?

Tu veux savoir comment se sont passées les années qui ont suivi mes dix-huit ans ? J'ai mis du temps à être touchée par un homme, à proposer mon nouveau corps même si son enveloppe était presque parfaite. Puis j'ai essayé. Les hommes. Les femmes. Je prenais les médicaments, et j'ignorais leurs effets. J'ai tenu. Je n'y ai pas cru. Pas cru à ce que je voyais, à cette construction apparemment sans défauts. J'étais enfermée dans mon rêve de n'être rien. Je voyais que du sang coulait de mon corps chaque mois, comme les autres, mais je me disais que ce n'était pas comme les autres malgré tout. Entre mes cuisses mon sexe s'était développé. Mes seins avaient un peu grossi. Si peu. C'était imperceptible. C'était presque rien et pourtant c'était énorme. Mais je ne pliais pas, je ne me rendais pas. Je n'étais pas convaincue qu'il se passait quelque chose. Je réduisais cela à des modalités par lesquelles devait passer mon corps mais je continuais à penser qu'au fond, rien ne le faisait changer vraiment. J'aimais cette apparence si peu altérée alors que les hormones œuvraient à une métamorphose. J'avais le sentiment d'abriter un mensonge. Celui qui faisait croire à tout le monde que j'étais comme les autres alors que je savais qu'il n'en était rien. Mon corps faisait de la résistance. J'avais signé un pacte avec lui. Je savais que je ne voulais pas m'affilier à la race des femmes. Je les regardais, je mesurais l'étroitesse de leur condition, alors que la mienne me semblait garantir un destin hors normes. J'écartais les jambes, des hommes venaient en moi, mais je savais que je ne faisais pas comme les autres. Je ne jouissais pas comme elles. Je me réservais, je ne me donnais pas. J'observais ceux qui croyaient me posséder. J'étais libre. En tout cas, je le croyais.

Voilà. Ça a duré des années.

Et puis un jour, il y a deux ans, j'ai eu mal au ventre. Je suis allée voir un médecin. Un cancer, m'a-t-il dit, pas méchant mais il fallait opérer. Je n'ai rien compris à ce bout d'utérus qu'on a coupé. C'est obscène, n'est-ce pas, une femme qui dit ça à l'homme qu'elle vient de rencontrer. Ça ne se fait pas. Mais il faut que tu saches que je fais des choses qui ne se font pas. Bref, j'ai été opérée. Je croyais être exemptée de ces maladies qui arrivent aux femmes. Je pensais que moi seule pouvais échapper à leurs tourments, à l'ordre des choses. J'étais furieuse parce qu'elles, les autres, me rattrapaient, avec ce que je considérais comme appartenant à leur monde. Il n'y avait aucune raison que ça tombe sur moi qui ne leur ressemblais pas. Alors, pourquoi moi? Pourquoi là? Je n'en savais rien. Je me suis fait une raison ou une déraison. Ça dépendait des jours. Parfois des larmes fossiles remontaient au bord des yeux mais je savais les maquiller. Ces soirs-là, on m'a trouvée la plus belle. Pas à cause du maquillage mais parce que les gens adorent les drames qui affleurent sous la surface.

J'aime le maquillage. Je n'aime pas les filles et les hommes qui ne l'aiment pas. Je suis pour l'artifice. C'est la façon la plus naturelle d'être humaine. Face à quoi j'oppose que le naturel est la façon la moins artificielle d'être animal.

Bon, c'est vrai, ceux qui écoutent mes théories n'aiment pas ça. Je m'en fous. Je me fous d'énoncer des pensées impopulaires. C'est ainsi que je masque la douleur pure jetée sur ma nuque parfois.

Après que le cancer eut été opéré, j'ai décidé de commencer à disparaître, à ma manière, peu à peu tu vois, sans que ça se remarque, un vertige subreptice parce que je ne voulais plus vivre. Pourtant, tout allait mieux. Les résultats des biopsies étaient satisfaisants mais je n'avais plus envie, de tout en général, de vivre en particulier. Comment je m'y suis prise ? Il n'y a qu'à étouffer les cris qui montent dans la gorge. J'ai bu, dansé, porté des minijupes, des talons plus hauts encore. Je sais être incroyablement légère, douée pour le rire, pour la fête. Je m'écroule seule, en douce, mais lorsque je réapparais, mon jeu est réglé sur le tempo des vivants. C'est sans problème, tout le monde ne demande qu'à y croire. C'est très simple. Il n'y a pas mieux que moi pour faire illusion. Mon corps fait semblant d'être celui d'une femme depuis tant d'années que je n'ai qu'à me fier au regard des autres et à leur répondre. Je tenais

34

mon rôle pendant que se désagrégeaient lentement mes raisons de vivre. Je m'édifiais dans la survie. Une part mourait, l'autre veillait. J'étais réelle par hasard. Au-dedans, j'endurais des éboulements progressifs. Un vacarme de fracas résonnait dans mes insomnies. Je me réveillais à quatre heures du matin, projetée contre un mur, les yeux grands ouverts. Ensuite, j'étais hagarde pour la journée. Là, je me cachais des autres. On m'a dit, maquille-toi moins. Mais j'ai continué. Le mot « rictus » est apparu dans mon esprit. Sur mon visage aussi.

J'encourageais l'imagination des hommes. Ils veulent croire qu'une grande et belle fille est là en face d'eux, pleine de santé et de désirs, prête à en découdre et à aller au-devant du monde ? Rien de plus facile, c'est un des rôles les plus simples à jouer. Regarde les filles de Newton, leurs seins et leur chatte, toujours disposées à être prises, disponibles aux mateurs et aux queutards, mais rien de plus clos. Non ?

Mais, tu vois, au bout de ces longs mois de pur anéantissement, il faut croire que quelque chose n'avait pas totalement cédé en moi puisque je t'ai rencontré. Il m'a semblé alors que le monde entier devenait plus pulsatile. J'ai senti vibrer les battements d'une tension inconnue. Ce que voyaient mes yeux était codé différemment. Une promesse de plaisir dérivait jusqu'à moi. J'allais poser mes pieds sur une terre rénovée. J'avais l'impression, sans savoir pourquoi, que le monde m'invitait à m'y préparer. Il fallait prendre de vitesse mes vieux réflexes, nettoyer les angles morts des heures accumulées en guise d'existence puisque c'était de vie qu'il s'agissait soudain.

Avant ta rencontre, en ce mois de janvier où j'étais de plus en plus décidée à disparaître, je me voyais au plus près de la capitulation, de la mort socialisée, de la fin de la politesse. Des codes, je ne savais plus les formules. J'étais plus que tangente. À un dîner, un soir, je me suis sentie mal, je me suis levée, hagarde. En fait, je crevais d'ennui, je me suis dit que je crevais tout court. Les mots de « malaise vagal » ont été prononcés. Mon cerveau était en fuite, aspiré par un ascenseur de lueurs foudroyantes. J'ai voulu me lever, me barrer en courant. J'aurais aimé qu'un levier puissant me propulse hors de l'instant. J'étais clouée sur ma chaise, ivre peut-être, mais je n'avais pas bu ou presque rien. C'était étrange cette ivresse à sec, ce vertige arrêté. C'était étrange et c'était bon. Comme un alcool que j'aurais sécrété seule. Décision intime et jubilatoire, j'ai décrété qu'il était temps de se foutre de tout. Et là, sur-le-champ, cela a pris la forme d'un bras d'honneur à la face de ceux qui dînent jusqu'au bout, jusqu'à la mort. Ils m'ont regardée. J'étais en fuite, ça se voyait. Une femme, qui avait profité de ce dîner pour offrir ses seins sur la table depuis un tailleur noir très ajusté, était la spécialiste de ce genre de happening. Hyper-ventilation, crise d'asthme, chute de tension, elle savait organiser la compassion qu'on ne lui accordait jamais sans ça. Ce mois de janvier orchestré par la mort de Newton autorisait les femelles comme elle à s'habiller en salopes. Ses seins ultra-visibles, comprimés, sa taille étranglée dans son tailleur étaient là pour dire, je sais de quoi je parle. Paris, ce mois de janvier, n'a qu'une queue à la place du cerveau. Je parle cette langue. Pas de bol, c'est moi en partance qu'on regardait. Je voyais devant mes yeux des étincelles, une nuée chatoyante, une ligne de fuite illuminée. Était-ce une hallucination ou la vision foudroyante qu'au bout de cette nuit-là m'attendait une certaine clarté ? Je voulais fuir, une capitulation aussi secrète qu'une bretelle de satin basculant mollement d'une épaule. Je me suis levée, j'ai titubé à toute allure hors de la table. C'était la voie à suivre, une évidence. L'hallucination scintillante fourmillait toujours devant mes yeux, préférable au foie gras, préférable au désir des mecs qui s'ennuyaient et qui auraient voulu me suivre, préférable à l'ennui vermeil des couverts de famille, aux haleines d'acétone. Enfreindre ma propre patience et celle de la maîtresse de maison qui guettait le point de satiété de ses invités, échapper à ce rapt mondain. Ç'a été ma façon de me servir sans attendre d'être servie. Ç'a été ma façon de me barrer, de lâcher la rampe. Je commençais à partir en vrille. On m'a trouvée mal élevée, folle. « Si c'est pour se comporter comme ça, vraiment ce n'est pas la peine de l'inviter. » Il fallait juste se soustraire, le plus vite possible. J'entendais sans cesse résonner l'écho de cette recommandation. Tout à coup, j'étais pressée d'en finir.

Quatre mois plus tard, je t'ai rencontré, à Hong Kong.

Alors que j'étais en train de disparaître en faisant le moins de mouvements possible, on m'avait demandé de partir pour la Chine. Je ne m'y attendais pas. Je me dissolvais lentement dans le monde réel tout en continuant à donner le change pour couvrir ma fuite. Je n'allais pas très bien mais je pensais que ça ne devait pas se voir. Et ça ne se voyait pas. On m'a sollicitée pour une mission. À Shanghaï que je ne connaissais pas et à Pékin que je connaissais déjà. Dix jours à suivre le patron d'une chaîne de prêt-à-porter afin de repérer le meilleur du made in China à destination du luxe européen. J'ai dit oui. Autant aérer mon envie d'en finir sous d'autres cieux. J'ai rêvé soudain d'heures de vol confinées, en suspens, en avion, en dehors de tout, le parfait exemple de ce que je tentais de faire dans ma vie parisienne. Je voulais être déphasée, encore plus loin, ailleurs vraiment, sous l'effet d'un décalage horaire foudroyant. Je voulais me réveiller en pleine nuit comme en plein jour, assommée, les pensées phosphorescentes, comme prises dans les pleins phares d'une voiture en forêt. J'étais prête à regarder en face la débâcle de ma vie depuis un autre continent, prête à me gaver d'alcool de riz pour faire comme si c'était le soir et démarrer la journée au Coca light. Il me fallait un dernier sursaut d'énergie pour faire croire au groupe avec lequel je partais qu'il embarquait la fille de la situation, tellement adaptable, capable en deux secondes de miauler niao au premier Chinois venu tant elle allait vite. Je suis celle-là aussi, tu sais.

Au Westin de Shanghaï, à deux pas du Bund, dans une chambre tout en granit gris, façon pierre tombale, je n'ai pas réussi à dormir. Le décalage si puissant a orchestré mes nuits comme mes journées, dans un brouillard permanent. Au-dessus de Shanghaï, l'air était jaune, humide, poisseux. Tu vois, c'est curieux mais j'ai aimé cette brume moite et sale, j'ai aimé en être, en faire partie. C'était la parfaite image de ce qui se passait en moi. J'étais en train de me dissoudre. J'étais en train d'atteindre l'état gazeux, en suspension au-dessus des villes et de moi-même, au-dessus des êtres, des besoins, des désirs. Je tendais à être ce brouillard impalpable. Lorsque je retrouvais un peu de concentration au cours de la journée, je me disais que Shanghaï n'était pas la mégapole futuriste qu'on veut bien dire. Shanghaï est un mensonge. Immeubles en verre or, embouteillages, Chinois qui crachent partout même sous les panneaux « Don't spit », le mauvais goût comme politique culturelle. Le mauvais goût comme accès immédiat à la modernité universelle. Les tours neuves font paraître des bidonvilles les maisons populaires encore intactes à leur pied. J'y suis allée. Bacs à l'extérieur, rigole d'évacution des eaux, enfants en culottes fendues sur les fesses qui chient dans la rue. C'était près du marché aux puces. Les bicyclettes et les scooters me frôlaient. Je pensais qu'ils le faisaient exprès. Un homme m'a convaincue de venir chez lui en me montrant du jade sur une photo. Je l'ai suivi. Sur le palier sombre et sale du premier étage, quelqu'un cuisinait sur un réchaud. Je me suis demandé s'il cuisinait pour lui ou pour l'immeuble. Toute la cage d'escalier sentait l'ail. Il a fallu monter encore un étage. Là, l'homme au jade a ouvert la porte d'une petite pièce où deux jeunes, torse nu, regardaient la télévision. L'image n'était pas nette mais ils regardaient quand même. Il leur a parlé. Il leur a dit sans doute, qu'il avait trouvé une cliente (un pigeon ? une touriste ?). Les deux autres, blasés, ont à peine réagi. Je n'avais pas peur. Il n'y avait pas de raison de redouter cette intimité misérable. J'étais fascinée par les adolescents. Seule comptait la télé. Une touriste, belle, riche, moche, ils s'en foutaient. Le jade, ils s'en foutaient. Cet homme, parent, cousin, père, oncle, ils s'en foutaient. Et moi aussi. Le Chinois déballait ses pierres de façon hystérique et méticuleuse. J'ai reculé vers la porte pour lui signifier que je voulais partir. Il m'a mis alors les pierres dans les mains. Il criait des choses incompréhensibles. Les ados ne réagissaient pas. Je souriais pour le calmer, le dos collé à la porte. Il a sorti d'autres boîtes. Je lui ai dit, *later, later, later.* C'est tout ce que je trouvais à lui opposer. Mais dans cette ville, il semblait impossible d'ajourner quoi que ce soit. Tout était là, disponible, maintenant : les tours de verre or, les centres commerciaux, la crasse, la merde des enfants. Le Chinois ne voulait pas de *later.* Le Chinois disait *no.* Mais je ne distinguais pas s'il disait *no* ou *now.* Il avait si peur de rater une vente. Il m'a ensuite suivie dans les ruelles du marché aux puces comme un dément.

J'ai fini par arrêter un taxi de force pour fuir. J'ai montré la carte de l'hôtel, ce qui a déclenché un flot d'imprécations dont il était impossible de comprendre s'il s'agissait de considérations sur les embouteillages ou de l'adresse de cet hôtel à l'autre bout de la ville. Le chauffeur faisait des gestes qui désignaient les voitures qui venaient d'en face alors que nous nous engagions dans un tunnel bondé. Trente-cinq minutes plus tard, la voiture m'a déposée devant la porte de l'hôtel. Dans le hall, la direction avait décidé de poster, devant les ascenseurs, une grande Chinoise aux jambes disproportionnées, voilées de noir. Une fille inutile, qui tendait une main vers les portes à glissière de l'ascenseur lorsqu'il était arrivé. Elle appuyait sur le bouton d'appel et débitait une sorte de *welcome* déchiqueté. Une pute ? Une fille de vingt ans ou quinze ? C'était un appât comme un autre, posté là, faisant des sourires comme une fille de l'hôtel Costes, un mime maladroit de l'Occident en robe et collant noirs. Qu'est-ce qu'un homme pouvait comprendre d'autre devant cette gosse disponible, étant donné que je comprenais, moi, au premier coup d'œil, à quelles fins elle était posée là ? Je me suis retournée vers le bureau du concierge et les filles de la réception, quelques clients patientaient. L'un d'eux regardait dans ma direction, par-dessus mon épaule, la fille au collant noir, une fleur de serre grandie artificiellement dans l'air conditionné. Dans les rues de Shanghaï, j'avais bien observé les femmes, aucune ne portait de collant.

Les hommes de ma délégation soutenaient tous qu'à Shanghaï, les filles sont plus belles qu'ailleurs, certains disaient sublimes. Moi, je ne voyais que des paysannes, des pauvres filles aux dents gâtées qui mâchonnaient des graines de courge en laissant les cosses s'étaler sur leur pull.

Juste avant de partir pour la Chine, il s'était passé une chose étrange. Sans rien m'expliquer, guidés par une intuition bizarre, des amis, des connaissances qui se fiaient à mon jeu sans rien voir de mon envie d'en finir, m'avaient dit Il te cherche. Qui ? avais-je demandé. Vous me parlez d'un homme dont vous me dites qu'il me cherche mais je ne le connais pas. Et il me cherche ? Oui, me répondaient-ils. Il te cherche, il cherche une femme que tu pourrais être. J'avais fait semblant de m'étonner, mais c'était ce dont je rêvais. Être cherchée comme un repère. Pas par toi, non, même si c'est de toi qu'on me parlait. Non, je voulais être un phare. Ces relations t'ont dit que je serais bien pour toi et ajouté peut-être que je suis une belle fille ou que je suis trop grande ou que je ne suis jamais seule. Jusqu'à quel point se fier au malentendu ? Entièrement. Puisque c'est là-dessus que tout se fonde. Certains ont dit que tu serais bien pour moi. Les uns et les autres voulaient s'entremettre. Les uns et les autres voulaient jouir de la collision. Les uns ont dit, c'est une bombe.

Les autres m'ont dit, c'est un play-boy. Ils se sont bien amusés. Mais moi je m'en foutais.

L'un d'eux a demandé, je peux lui donner ton numéro de téléphone? Il peut t'appeler? Cela faisait trois jours que je traînais une grippe atroce. Brûlante de fièvre, engourdie par le larmoiement continuel de mes yeux et de mon nez. J'ai dit, somnolente, oui à tout. Oui, il peut avoir mon numéro. Oui, il peut appeler, avant d'ajouter, je m'en fous, parce que cette putain de grippe réduisait le monde à la perspective de mes sinus.

Tu n'as pas appelé. Le lendemain, le même garçon m'a téléphoné. «Ce soir nous allons à une fête. Viens nous rejoindre, il sera là.» Ça tombait mal parce que j'avais un dîner, et ensuite, solitude déambulatoire oblige, une autre soirée qui ressemblait à la première. Ça tombait mal aussi parce que j'avais décidé de me péter la gueule, de ne pas être gentille, je me sentais comme une bête enragée, prête à gifler n'importe qui sur mon passage. Pas idéal pour rencontrer un garçon. Toi ou un autre.

Et puis un jour tu as appelé.

Ensuite, il m'est arrivé de serrer mon téléphone dans ma main et, comme beaucoup d'êtres humains munis d'un téléphone portable, de penser que cette petite boîte sonore contenait toute ma vie.

J'étais dans une rue de Shanghaï. On venait de me prévenir que sur le chemin du retour nous resterions quarante-huit heures de plus à Hong Kong. Je connaissais déjà la ville mais me disais qu'au moins là-bas on pourrait y respirer. Mes poumons étaient à bout de souffle dans la moiteur sale de Shanghaï. C'est là que mon portable a sonné. C'était toi. Ce garçon dont on m'avait tant parlé.

Pourquoi à cet instant ? Pourquoi as-tu décidé de me contacter là ?

Je t'ai vu finalement à Hong Kong. Tu y étais pour ton travail. Toi aussi tu avais attrapé une sorte de rhume tropical. J'étais malade. Malade de te voir. Après tellement de vide. Je m'étais juré de me foutre de tout mais soudain, une légère tension a fait monter d'un cran l'épaisseur de l'air. Je ne te connaissais pas, ne t'avais jamais vu, n'avais rien voulu savoir sur toi, je m'étais empêchée d'imaginer à quoi tu pouvais ressembler. En fait, je ne voulais rien entendre.

47

Surtout ne rien entendre. La seule chose que je voulais, c'était écouter ce que tu avais à dire. À ce tout premier coup de téléphone, j'ai tout de suite pensé que ta voix était sexe. Sexe et snob. Sexe et chargée. Sexe et grasse.

Pas juste sexe. Il y avait un adjuvant à cette impression. Savoir exactement quoi, je m'en foutais un peu lorsque je t'ai vu pour la première fois. D'abord parce que j'étais malade de trouille. Cela faisait des mois que personne ne m'avait touchée. Et je me demandais si la question d'un homme, d'un sexe d'homme, de sa simple présence, pouvait encore être perçue par moi comme une possibilité. Allais-tu poser tes mains sur moi dès le premier soir ? Et moi ? Comment répondre ? Étais-je capable de cela ? Je tremblais. Ma grippe s'était transformée en rhume. Quelque chose n'en finissait pas de pleurer dans mes poumons. Je collais, moite de fièvre, de toux. Je m'étais chargée en médicaments pour tenir le coup. J'aurais voulu ne pas être fatiguée. Ne pas être grippée. C'est pourtant dans cet état que je t'ai découvert, l'homme du blind date. Je m'imaginais un énorme tendeur se relâcher d'un coup. Il n'en fut rien. Je m'étais presque habituée au confort de ne pas te connaître. Mais soudain, un regain d'intérêt pour le hasard forçait mon regard. Je devais ouvrir les yeux, il fallait bien en passer par là, aller de l'avant et rencontrer les êtres, toi en particulier. Parfois, je me disais aussi que j'exagérais, que j'étais folle, que je ne pouvais jamais rien saisir de ce qui se passait. Tout était biaisé, défiguré mais aussi exaltant, nouveau, palpitant. Ça me faisait pleurer les poumons, les yeux, le nez. Ce rhume s'était mis en travers de ma route. Il y avait au-dedans une tension nouvelle, une aspiration vers le ciel, vers le haut.

Au moment où j'ai ouvert la fenêtre de la chambre à Hong Kong, quelque part vers le 25e étage, l'épaisseur de l'air s'est enroulée autour de moi en un instant. C'était irrespirable. Pourtant je respirais. C'était ça. Respirer l'irrespirable. Il s'agissait précisément à cet instant de cela, de recommencer ça. Renouer avec l'envie, avec mon corps, parier, prendre de la hauteur, régénérer des réflexes, entrevoir une ouverture, se recomposer, et pourquoi pas, à partir de toi. Je ne savais pas si j'allais te laisser jouer ce rôle mais j'ai pressenti que les risques, les événements bruts allaient me sauter à la gorge avant même que je ne pense à mettre ma main devant mon visage.

Lorsque tu es venu me chercher au dîner que j'ai quitté pour te rejoindre, tu ne m'as pas trouvée aussi bien que tu l'aurais voulu. Moi non plus. Nous sommes restés, quelques nano-secondes, le souffle coupé devant cette décep-tion. Tu m'as dit que j'étais plus grande que tu ne le pensais, persuadé que ça marchait tou-jours. Qu'une fille prend toujours bien ce genre de constat. Tu m'as invitée à boire un verre dans le bar d'un hôtel. Maintenant que nous en étions là, il fallait trouver une issue à cet instant. Je portais des sandales hautes à brides compliquées, cloutées de métal. Une allure, me dit-on souvent, qui impressionne en temps normal, sauf lorsque je me traîne comme un chien, courbée par la douleur de vivre. Ce soir-là, mon corps me jouait un sale coup. Les éléments qui constituaient mon personnage étaient en déroute, ratatinés au fond de mes poumons malades. Je ne me sentais ni bavarde, ni légère, j'étais indisponible, aux aguets, para-

lysée. Tu avais envie de me regarder mais tu ne
l'as pas fait, pas complètement. Avant, il a fallu
nous dire des choses, être formels.

Et puis j'ai eu ce regard par inadvertance, un
regard lapsus, porté sur ta bouche. Ta bouche
qui comme ta voix était sexy et grasse, sexy et
lourde, grande et charnue. Assise à côté de toi,
je l'ai matée dix secondes, ta bouche, dont j'ai
senti tout de suite quel parti nous pourrions en
tirer. Je me suis arrêtée sur ta lèvre inférieure,
presque pendante, presque obscène. J'étais sur
le point de me lancer dans des scénarios
calqués sur cette bouche. J'en avais envie soudain. C'était un point de départ, une narration
improvisée, fugace, une insolence vu la situation. Je ne te connaissais pas. Ta bouche s'était
détachée de tout le reste, cette lèvre était là, à
prendre, à lécher, un truc élastique à bouffer.

Mais j'étais malade. Et il faisait un froid mor-
tel dans ce bar où l'air conditionné givrait les
bronches. Je voulais avoir chaud, de l'air tiède
autour de moi comme une peau sur la mienne,
une enveloppe impalpable et mouillée, de la
moiteur sur tout mon corps, les yeux, les cils,
les cheveux, les ailes du nez, la nuque, sous les

bras, à l'intérieur des genoux. J'avais le désir de ça, comme si Hong Kong était un homme, un lit, un corps. Bref, je voulais être dehors.

Deux heures plus tard, j'étais dans ta chambre. Nous avions marché dans la ville. À distance convenable. Même pas frôlés. Ça me paraissait normal puisque nous ne nous plaisions pas.

J'ai eu faim. Parce que je commençais à me détendre et qu'il était temps de nourrir enfin le corps surtendu que je baladais depuis des semaines. Il était tard. Tout était fermé, il ne restait que le room service de ton hôtel, l'hôtel où irait dormir la bouche que j'avais matée. Tu me l'as proposé simplement parce que tu n'étais pas attiré par moi. J'étais cette fille dont on t'avait parlé, disponible mais distante, à prendre mais absente. Alors, pourquoi pas le room service? Tu ne savais pas comment ça tournerait. Pourquoi pas essayer. Tu pensais qu'il n'y avait rien à gagner mais sans doute rien à perdre. Je me le disais aussi. J'ai accepté.

Entravés par tout ce qu'on avait entendu

l'un sur l'autre, le flot d'images convoyées par ces « amis » prévenants, on n'a pas pu forcer les choses. La réalité s'est cabrée, beaucoup moins flexible que l'air ambiant, construisant une épaisseur que même la main que tu as glissée sous ma nuque pour me dire au revoir en bas de l'hôtel n'a pas annulée. Je n'ai pas aimé ce geste. Je l'ai même détesté et t'ai un peu méprisé pour ça. Puisque rien n'avait été essayé, pourquoi ce geste-là, pourquoi prétendre qu'il y avait eu contact alors que j'avais gardé pour moi mon regard sur ta bouche, que nous n'avions rien partagé ? que nous nous étions observés, séparément, sans chercher à faire un pas vers l'autre ? J'ai vu dans cette main sur ma nuque comme un réflexe de mec qui essaie quand même, qui lance son filet, il en restera bien quelque chose et d'habitude ça marche. ÇA MARCHE. J'ai bien vu dans ta tête le message s'écrire comme un néon qui racole. Le même que celui de cet homme que j'avais repéré pendant le dîner au China Club dont je m'étais échappée pour te retrouver. Ce type faisait des pieds et des mains devant une actrice russe qui s'en foutait totalement. Le patron de la chaîne de prêt-à-porter

donnait ce dîner pour fêter ses nouveaux parte-
naires chinois. Et parmi les invités, il y avait ce
type devant moi, trop bronzé, gesticulant, en
faisant trop, essayant d'amuser la comédienne,
de la faire vibrer, sans vibrer lui-même. J'ai
observé son agitation pathétique. Sa femme, ça
devait être sa femme, une Chinoise en short
dont on devinait qu'elle s'était dit qu'il lui fallait mettre en avant ses jambes, s'était exilée à
une autre table, genre reine blessée, pour fumer
une cigarette vers la fin du dîner.

Voilà, la main sous la nuque, cela apparte-
nait à ce même genre d'hommes, un geste sorti
d'un catalogue de gestes formatés sur d'autres
filles sur qui ça marche. Peut-être sur les filles
de Hong Kong ?

Après nous être quittés, chacun dans notre
hôtel, nous nous sommes parlé au téléphone
alors que la nuit se transformait en jour. Chacun dans notre lit. J'étais nue, exténuée, excitée. J'avais chaud. Pendant que tu parlais,
j'avais mis mon corps à l'air libre, sur les
draps, nue, écartée, disponible, comme j'aurais

voulu l'être quelques heures avant. Et là, ça m'a pris, j'ai eu enfin l'impression d'appartenir à l'air chaud de la ville, baignant dans ce que je voulais, sans réserve, un soulagement générique, sensuel, une immense relâche. J'avais envie de toi qui ne m'avais pas plu. Je te sentais au bord de venir me rejoindre. Toi aussi tu montais vers l'envie de la baise. La fatigue de la nuit blanche faisait reculer les défenses. Nous avions tous les deux vu que nous ne nous étions pas plu. On avait un peu peur de cette réalité, alors il a fallu remailler vite fait l'idée qu'on s'était fabriquée de notre rencontre. Il valait mieux quitter la ville rapidement. Je voulais soudain partir, ne plus être là, dissiper cette énigme faite de distance et de proximité. Je savais qu'en vol exploseraient dans ma tête toutes les propositions de cul que j'avais à te faire. Qu'on se baiserait pendant des heures dans mon demi-sommeil d'altitude.

C'est ce qui s'est passé. J'ai mangé ta bouche, ta bouche observée en secret. J'avais l'intuition de ta langue qui baisait ma bouche comme j'aurais voulu déjà que tu me lèches. J'ai sucé ta queue que j'avais le sentiment de connaître déjà.

J'écartais mon cul pour que tu le prennes loin, profond. Mal allongée dans mon vol Lufthansa, j'ai arqué mon corps tendu, j'ai senti que je jutais, seule dans mes rêves, sous la couverture de l'avion, le sexe gonflé, en attente, déjà crémée, dilatée et contrainte.

Deux semaines plus tard, nous nous sommes revus à Paris. La bande-son avait changé soudain. C'était une évidence : on allait se plaire. Où en était mon désir d'en finir ? Je ne savais plus. Le vent commençait à tourner. Il me semblait alors que te rencontrer n'était qu'un atermoiement de plus avant ma chute. On s'est retrouvés pour prendre un verre. Le temps était splendide. Et nous nous sommes plu, d'emblée. Tu as voulu me donner ta bouche sur le trottoir d'une rue cachée derrière l'avenue Kléber. Je n'ai pas voulu de ta langue tout de suite. Moi, je suis une bonne baiseuse de bouches. J'adore. Toi aussi. J'avais l'intuition qu'on savait le faire. Et puisque j'avais la prémonition de ta bouche, je n'avais pas besoin de vérifier immédiatement. C'était bon d'attendre encore un peu que le cerveau soit liquide avant que ça ruisselle, pour toi, pour nous. Le ciel éclatait de lumières, essayait toutes les formules. Sur le goudron, les taches d'ombre des feuilles. La ville était en marche vers le printemps. C'était avril en train de plier vers mai. Là où les derniers froids cèdent. Là où la lumière perd sa tension bleue, là où elle refuse d'être blême. Je me faisais une gourmandise de tes mains. J'avais envie que tu me touches, que tu en aies très envie. J'étais crémeuse de gentillesse et de sourire. À cet instant, j'étais la fille qui sourit, qui dit bonjour, qui a un mot gentil pour tous, qui n'offense personne ou si peu, si faiblement, juste une égratignure au coin de l'œil des autres femmes qui la regardent comme une image de la perfection. Mais je n'ai rien à voir avec elles. Lorsqu'on tombe amoureux de moi, on tombe sur du vide. On ne le sait pas tout de suite, et toi moins que les autres. On achoppe sur ce corps qui ingurgite ses hormones chaque matin, qui ne jouit pas. Quel sens cela a-t-il pour un homme ? Toute la panoplie est là, pourtant, en place. Le bleu aux yeux, le rose des lèvres, le sexe blotti entre des longues jambes et des seins si menus qu'on les dirait vrais. Alors, quelle différence cela faisait pour toi? Aucune, apparemment. Et moi je te découvrais, j'avais remarqué que ta bouche salivait, qu'elle était humide en permanence. Je l'enviais ta bouche fontaine, elle était pour moi comme un sexe toujours mouillé. Tu étais là mais de passage, à Paris en transit, entre deux voyages. Je t'ai demandé de me raconter ce que tu faisais. Tu ne m'as rien raconté. Juste que tu allais bientôt repartir. Où? Loin forcément. Et revenir? Oui, aussi. Revenir ou repasser? t'ai-je demandé. Tu n'as pas répondu. Ça semblait aller de soi. J'ai repensé alors à la rencontre à Hong Kong. Je voulais savoir ce que tu avais à me dire et précisément tu ne me disais rien. Je croyais entendre ta voix qui me disait que tu m'avais reconnue, que nous étions au monde l'un pour l'autre. Je secouais la tête pour m'en remettre au silence, ton silence, mais aussitôt revenaient ces phrases qui me cueillaient facilement parce que j'étais avide. J'étais à ramasser. Seule depuis trop longtemps. Des phrases venues de très loin, de l'enfance, de ce temps où s'édifient les mythes que la vie rend amers, m'assaillaient de toute

58

part. Surgissait un rêve de reconnaissance mutuelle que je savais être un leurre violent. Je m'imaginais des serments intenables, j'imaginais les mots que tu ne disais pas parce que tu étais prudent, parce que tu étais dans la vie, la vraie, et que tu savais que les mots engagent ceux qui les croient. Tu ne voulais pas me faire croire. Tu ne voulais pas cette responsabilité. Et je t'en ai voulu de ne pas me plonger tout de suite dans le vertige des promesses. Alors je me suis sentie bizarrement encore plus seule et tu ne le voyais pas. Ce n'était pas si mal finalement, ce garçon absent auprès de qui, chaque fois qu'il me verrait, je pourrais continuer d'orchestrer ma disparition. Tu devais repartir. Très bien, je pouvais continuer à me dissoudre sans que cela porte à conséquence. Du moins, c'était ce que je croyais.

J'ai dû m'absenter pour quelques jours. Tu étais à Paris et, pour une fois, c'était moi qui partais. Je cherchais une maison. Sur une île. Une île pas loin de la France, pas loin de Paris. Je ne t'ai pas dit où j'allais. En fait, nous voulions une maison sur une île. Avec Sontaar, l'homme avec qui je vivais. Je t'ai parlé de lui un soir. C'était un homme qui n'était pas souvent là et qui pensait qu'une île serait peut-être bien pour nous. Nous nous croisions et je savais que nous continuerions à le faire là-bas comme nous le faisions depuis quelques années à Paris. Mais nous nous sommes mis à penser que ce serait plus simple là-bas. Alors nous sommes partis sillonner ensemble les trois Baléares, sous des gifles de vent et de sel suivies de grands lavements de soleil aveuglant et frais, encore trop frais, mais capable à l'abri d'un muret de faire croire à l'été. Puis, de nouveau, la pluie et les nuages ont plombé la lumière. Le soleil revenait, le lendemain matin ou en fin de journée, en nous laissant imaginer que ce n'était plus la même île. Nous étions enchantés et hagards, chacun pris dans des prévisions différentes, à contre-temps, seuls et ensemble à chercher un coin d'île où poser le regard.

À Minorque, plus belle et plus farouche que toutes, je me suis imaginée, entre les murets de pierres blanches, dans cette Irlande de Méditerranée, les cheveux ravagés par le vent perpétuel. J'ai tout de suite aimé ce vent qui rend fou, un vent pour les voiliers, pour les oiseaux de mer et les migrateurs qui trouvent refuge dans les retenues d'eau, dans les joncs, les genêts, parmi des fleurs et des herbes jamais vues ailleurs. Sontaar et moi avons repéré une minuscule ferme blanche, misérablement coincée contre une route orpheline, que la loi minorquine interdisait de déplacer ou d'agrandir. La magie venait d'un terrain qui descendait vers la mer, d'une anse privée en galets, battue par les vagues et tapissée d'algues brunes comme des

mégots de cigares entassés là. Une ferme ratati-
née, inaccessible. À la fin de la journée, j'ai
senti qu'on pouvait aussi crever d'ennui sur
cette île, mais même cette perspective me semblait envisageable. Nous avons visité d'autres
maisons, d'autres fermes sur cette île agricole
où ne se parlait que l'espagnol, où ni Allemands
ni Russes n'avaient rien acheté. Sontaar voulait
une ville à proximité, un endroit où acheter des
journaux. « Et s'il se passe quelque chose ? »
Rêvons d'abord, me suis-je dit. S'il se passe
quoi ? Avec Sontaar, il ne se passait plus grand-
chose. Il était toujours en partance ou de passage. En guise de conversation, nous nous par-
lions des derniers livres que nous avions lus ou
des articles de presse qui nous avaient marqués.
Et puis un jour, il avait eu cette idée. Une
maison sur une île, proche de Paris où il serait
facile de partir et de revenir et, pourquoi pas,
avait-il ajouté, de vivre peut-être. Moi j'y avais
aussitôt vu une autre façon de nous rater, un
prétexte idéal aux rendez-vous manqués entre
lui et moi.

Nous avons poussé jusqu'à Majorque l'aînée
et Ibiza l'Africaine. En quelques kilomètres, le

soleil et le vent avaient changé. Ça donnait des plages et des criques plus sociables. Il y avait des golfs, des Russes, des Allemands. Sontaar s'était mis à chercher des fermes nobles, des fincas, des galeries à colonnes dominant des collines de plantations. Au loin, une bande bleue confuse suggérait qu'on était sur une île. Je tâchais de me convaincre, sous les figuiers et dans les champs d'amandiers, que l'île me portait. Je me sentais seule avec elle. Plus le voyage avançait, plus les recherches tissaient entre nous des silences aigus. Nous voulions puis nous ne voulions plus. Nos rêves d'île ne se rejoignaient plus. On s'en était remis à un guide qui connaissait les criques et les pierres comme une chèvre. On se laissait guider par lui, dans sa Range Rover, à l'arrière de laquelle j'appelais l'île comme un secours. Ce serait là mon île. Là, Sontaar ne me verrait plus, ou si peu. Il finirait par me rendre visite comme il le faisait déjà dans notre maison de Paris. Tu vois, je ne pensais pas à toi. Presque pas.

Sontaar ne pouvait envisager d'organiser sa vie autrement que sur le mode de la visite. Ici, il se refusait à connaître les sentiers, les replis, les surprises, il lui fallait une ville à proximité, une maison d'où s'échapper, et je cherchais, moi, le bord, le contact avec la mer, une limite entre refuge et départ.

Un soir, j'ai vu avant lui le trésor d'une maison, au bord d'une plage courbe. Les promesses ont afflué immédiatement. Il était sept heures du soir et la maison racontait déjà les heures à venir, les soirées, les verres givrés de glaçons dans l'air chaud, la peau cramée, les matins tôt, les siestes et les départs, l'attente, les heures vides, le corps nu en pleine lumière. Les galets la protégeaient de ceux qui veulent des plages de sable. Des cabanes de pêcheurs s'appuyaient contre sa clôture. La maison était comme un rectangle, une boîte, et c'était bien. Elle avait une citerne. La vue s'ouvrait au-delà de l'anse et se fermait par une colline où se tordaient des pins sur une terre un peu pelée. C'était ça. C'était là.

Sontaar devait partir le lendemain. Il était prévu que je l'accompagne. Mais j'avais rencontré la maison comme on rencontre quelqu'un. Je voulais rester pour faire connaissance. Déjà je m'appropriais le lieu quand lui avait à le quitter. Il avait commencé à parler des cabanes de pêcheurs. « Il faudrait les faire partir. » « Non, c'est leur île. Ils pêchent. On verra. » La maison me faisait briller. J'étais têtue, décidée à ne rien céder. Je suis restée. J'ai dit, je ne pars pas avec toi. Je reste pour elle, la maison. J'aimais déjà le chemin, l'odeur, les pins, la rouille, la laideur de la maison faisant corps avec la terre. Pourquoi était-elle là, encore disponible, pas encore vendue ? Parce que la propriétaire est une vieille folle qui change d'avis tout le temps, avait répondu le type à la Range Rover qui nous faisait visiter. Il fallait donc rentrer dans l'attente, dans ce sursis. Sontaar allait attendre que je lui raconte. Tout paraissait une immense attente. La maison, l'île, la propriétaire, cette terre promise. Mes rêves suspendus t'avaient effacé. Où étais-tu ? À Paris ? Sur le départ, vers un ailleurs inconnu de moi ? Libre, jamais là. Il était donc dit que nous serions flottants ?

Je suis descendue dans un petit hôtel très sonore, El Cielito, où, lorsque le dernier cuisinier partait, on entendait claquer la porte à l'arrière du bâtiment. Dès que je me suis retrouvée seule, le temps a changé, le soleil a commencé à chauffer, le vent est tombé. J'avais deux jours devant moi avant de rejoindre Paris.

Vous avez des enfants ? nous avait demandé le mec à la Range Rover. Sontaar et moi, nous nous étions regardés. Encore la même histoire, avais-je pensé. J'avais répondu non en sachant qu'il attendait cette réponse. Il avait forcément vu que cette maison serait celle d'un homme et d'une femme sans racines, sans famille. Non, avais-je dit, il n'y a pas d'enfants. L'autre n'avait rien ajouté. Le lendemain du départ de Sontaar, puisque j'étais seule, il m'a invitée à dîner, « avec mon amie », avait-il précisé.

Elle s'appelait Marie-Claire, elle était belge. À peu près quinze ans de plus que lui. Elle buvait pas mal, mangeait peu et fumait entre chaque bouchée. Burinée, plutôt grande, de belles jambes, enfin des genoux aux chevilles, ses pieds trop grands dépassaient un peu de ses mules noires et ses seins débordaient de son décolleté. L'estomac s'était un peu empâté, ça se voyait dans le stretch de la robe, mais elle avait de la gueule, du chien, même si un truc n'était pas complètement raccord dans le visage, comme un dérapage, quelque chose pas tout à fait à sa place sans vraiment savoir quoi. Elle devait avoir cinquante et quelques années et sa peau n'en pouvait plus de soleil. Elle était intelligente, fine, rapide, mais manquait son but à cause du vin blanc qui souvent la rendait confuse. Elle se comportait avec lui un peu comme une mère qui aurait voulu être une sœur, tu vois. Lui se forçait à croire qu'il la sortait de là. D'où ? Je n'ai jamais trop su. Il ne le savait lui-même sans doute pas. Peut-être de la dope, de l'errance, de chez Madame Claude ou quelque chose d'approchant. Elle avait des restes d'accent belge et puis quelque chose de la gouaille d'avant-guerre. Ils formaient un couple absurde et caricatural. Elle était goyesque. Mais surtout, elle était bourrée

Pourquoi vous cherchez à Ibiza ? m'a demandé Marie-Claire. Je lui ai dit que ce n'était pas loin de Paris et que c'était un peu l'Afrique. Elle a dit, ben heureusement que c'est pas l'Afrique. Elle parlait comme Arletty. Je lui ai dit, on ne vous a jamais dit que vous parliez comme Arletty ?

Je lui ai demandé si elle n'avait jamais fait du théâtre ou du cinéma. Elle était incroyable avec ce quelque chose d'une titi des années quarante. Et tu sais ce qu'elle a répondu ? Moi, ma petite, j'ai travaillé avec Newton à la grande époque. J'ai fait remarquer que c'était une coïncidence étrange parce qu'il venait de mourir. Elle a dit que c'était drôle et que c'était surtout bien fait pour sa gueule d'enfoiré. Marie, a plaintivement dit son fiancé.

Ben oui, quoi, elle a rugi. On ne va pas embaumer ce connard qui s'est comporté comme un mufle toute sa vie, non ? T'y étais, toi, quand il te prenait pour une idiote à longueur de journée, juste pour mater tes nichons et se faire désosser le pied de veau en fin de séance ? J'ai voulu lui demander ce que cela signifiait mais elle a ajouté, il faut bien appeler les choses par leur nom, non ?

Marie, ça va maintenant, a dit son fiancé en lui servant un autre verre de blanc pendant qu'elle prenait une clope. À cet instant, j'ai ressenti de la tendresse pour cette femme qui essayait encore d'être une fille.

De retour dans ma chambre d'hôtel, j'avais reçu trois appels sur mon portable. Toi, Sontaar et la messagerie. Sontaar déclarait qu'il voulait la maison de l'île. Pour toi, disait-il en détachant les mots. « Pour toi » résonnait dans ma tête. Ton silence était plus fort.

Je t'ai appelé. Mais sans succès. J'ai recommencé plusieurs fois pour t'écouter énoncer ton prénom dans ton message d'accueil. Tu semblais le lancer comme une gifle. Il est devenu dans ma tête indissociable de ton regard bleu, de ta bouche mouillée. Plusieurs fois j'ai composé le numéro, chaque fois ton prénom claquait dans le silence mais, après le bip, je n'ai pas laissé de message.

À Paris, tu ne le savais pas, mais je vivais avec Sontaar. Dans sa maison. Elle était devenue ma maison car il n'était presque jamais là. Cet espace était devenu mon territoire et, au fil du temps lorsqu'il revenait j'avais fini par me dire, ah, dans deux jours il rentre, et puis plus tard, tiens, zut, il arrive, j'avais de plus en plus le sentiment qu'il débarquait chez moi et non chez lui. Il avait une autre maison à Londres où je n'allais jamais, même s'il me demandait de l'y rejoindre de temps en temps. Il a aménagé des entrepôts en brique. C'est immense et vitré, je n'y suis allée qu'une fois, effrayée par l'espace sidérant du lieu. J'avais eu froid. Je n'avais pas senti que cette maison m'attendait. Peut-être a-t-il laissé cet endroit faire son effet pour que je n'y retourne pas. Il me semblait que je les délogeais, lui et elle. Lorsqu'il revenait à Paris, il ne savait pas où étaient les choses. Je le regardais faire et pour moi c'était toujours le signe que chez lui était devenu vraiment chez moi. J'aimais qu'il transporte avec lui son monde, ses livres, ses cigarettes brunes, ses catalogues. Il est suédois. Comme si cela expliquait pour moi la placidité glaciale avec laquelle il semble capter le monde et s'y mouvoir. Architecte, il a créé le style Sontaar. Les gens disent, c'est du Sontaar. D'un nouveau restaurant ou d'un grand magasin, c'est très Sontaar, mais il oublie où se trouvent les interrupteurs chez lui comme si son esprit et son corps y passaient en vitesse sans vouloir savoir. Savoir quoi ? Savoir moi, par exemple. Et c'était bien ainsi. Cet homme et moi nous nous sommes aimés puis connus. Il était sans âge et sans famille, jamais marié, jamais d'enfants. J'étais cette fille animée d'une forte envie de disparaître qui l'avait séduit pour cette raison-là. Devant ce grand Suédois aux cheveux argentés, j'avais senti que je pouvais aller et venir sans qu'il me retienne, partir sans même qu'il réalise que je n'étais ni à Londres ni à Paris, trimbalant mon corps maigre comme un boulet, sous des vêtements que je choisissais sans formes et les plus camouflants possible.

Je me suis arrangée pour être seule dès le début de notre histoire, seule même avec cet homme, et pourtant physiquement là, seule dans l'errance, isolée de tout et de tous, bluffant sur ma présence. Il ne voyait rien parce qu'il était concentré sur son métier et l'architecture, et rien dans ce monde-là ne le reliait à mon mal-être. Mais toi aussi, je crois, tu n'aurais rien vu. Je suis douée pour masquer. Ça nous arrangeait. Nous sommes peu à peu devenus seuls ensemble. Seuls l'un à côté de l'autre, de moins en moins en face. Il voyageait de ville en ville, de musée en maison, croisant des œuvres, des femmes et des hommes qui voulaient avoir leur style Sontaar, à tel point que j'ai fini par l'appeler, moi aussi, par son nom de famille.

J'ai vécu seule à l'étage de cette maison. C'est important que tu le saches.

Que tu saches comment je vivais avant même que ne se dessine l'idée de notre rencontre. Lorsqu'on l'a choisie, j'ai tout de suite dit que là-haut, ce serait chez moi. À lui le rez-de-chaussée, le salon, à lui le premier étage, à lui le sous-sol et les caves, mais à moi, rien qu'à moi, cette chambre là-haut sous les toits, haute et fraîche, dont la vue frôlait la cime des arbres.

Il s'était toujours arrangé pour en demander le moins possible aux femmes. Il s'était très vite avéré que c'était ce qu'il y avait de mieux pour qu'elles lui en demandent le plus possible. Moi, je ne lui voulais rien. Il était beau et seul. Incapable de se projeter dans la réalisation d'un clan. J'ai été sa chance. Vide, stérile, inapte à créer une famille, j'étais sa garantie de bonne fin. Un édifice imprenable. Dans un aveu comme on en fait lorsque tout est neuf, il m'avait dit, je t'ai reconnue. Longtemps cette phrase a résonné dans ma tête et je me suis demandé s'il n'avait pas déjà découvert qu'il s'engageait dans la vie aux côtés d'une presque morte. Puis j'ai compris qu'il s'était reconnu en moi, lui, aussi stérile que moi. Pourtant, lui n'était pas au bord de la mort. Sans le savoir, il allait protéger ma disparition.

Certaines femmes ont senti que j'étais là, à ses côtés, d'une façon qui n'avait pas de mots. Pas encore morte, présente mais inerte, et pourtant parlant, faisant chaque geste lorsqu'il fallait le faire. Certaines ont voulu Sontaar plus que moi, mais parce qu'il sentait que je le voulais moins qu'elles, il se lassait vite et revenait à moi. Il écartait les autres parce qu'elles voulaient de l'avenir.

Chez lui, chez nous en fait, j'avais détruit le style Sontaar. Je n'avais pas respecté la charte de son école puriste, sa façon de voir les choses, de les ordonner autour de lui. Cela avait commencé avec une paire d'ibashi japonais qui m'avait plu, je les avais posés là où il n'y avait rien. Il m'a demandé pourquoi quelque chose plutôt que rien. J'étais vide d'arguments mais je me suis laissée aller à lui dire – et par-delà la mort que je me préparais – qu'il y avait encore des choses absurdes à posséder ou à accomplir. Achète de l'art au moins, et pas des objets, a-t-il dit.

Il y a trop d'images, tu ne trouves pas ? Trop de photos autour de nous, trop de surface inanimée qui nous scrute. Je n'ai pas acheté de photos, pas de portraits de quiconque, pas de peintures, mais des objets qui évoquent des gestes, en pensant que c'était tout ce qu'il restait de vivant dans ma mire. Les gestes du quotidien appelés par des objets utiles. Et puis un jour, Sontaar a voulu une maison sur une île. C'était son idée. Et elle était bonne. J'aimais le projet, en me promettant secrètement que làbas, cette troisième maison serait la mienne. Un lieu d'isolement définitif et sans retour auquel, lui, peu à peu ne pourrait plus accéder, parce que ma vie ne l'intéresserait pas assez. Il pourrait me laisser là-bas jusqu'à ce qu'il m'oublie entièrement et ainsi j'aurais réussi, loin de lui, loin des femmes, des autres, à ne plus exister du tout.

Que font les autres femmes, celles dont je parle et auxquelles je n'appartiens pas ? Elles font comme les autres femelles qui ont pour mères des femelles. Elles font comme si dehors c'était la guerre et qu'il fallait à tout prix, oui à tout prix, se mettre à couvert, enfanter, reproduire, pondre, épargner, programmer sa survie.

Sontaar était là, calme et dégagé, effroyablement seul, inflexible. Et puis il y avait moi. Moi qui ne disais rien et qui m'en foutais, qui ne savais pas faire avec tout ça, moi dont les mains ne retenaient rien, moi dont le ventre n'enfanterait pas, n'archiverait rien.

Les hommes plaquent sur moi la panoplie de la femme fatale. Je laisse faire. J'énerve. C'est comme ça et peut-être davantage lorsqu'on s'aperçoit que je suis encore plus perdue que narcissique. J'énerve aussi parce que je fais de mon silence une réserve de mystère que peu de gens comprennent. Je suis affligée d'une immense incapacité à me mêler, et la paresse sociale préfère trouver là la manifestation de mon arrogance. J'admire ceux qui savent ce qu'ils veulent être, même pour de mauvaises raisons, alors que je me sens comme une idole sans futur. J'ai passé du temps à trouver la bonne façon de vivre moins, puis de moins en moins. Il faut juste se laisser aller. Rogner les saillies du bruit ambiant jusqu'à n'entendre que ce léger message de mort qui séjourne partout, en creux, dans chaque événement, chaque chose, chaque être. Même dans les fleurs. C'est facile, mais ce serait beaucoup plus élégant si ma colère ne s'en mêlait la plupart du temps.

Après l'opération de l'utérus, tout a commencé à s'éteindre. Je n'ai plus eu de règles. Parfois mes chevilles étaient très gonflées. Parfois mon corps enflait alors que je maigrissais. J'ai mis des vêtements larges qui cachaient ce corps qui changeait peu à peu. Je n'ai pas répondu au téléphone, j'ai feint d'être ailleurs, occupée. Travestir sa fuite en une présence dissoute dans le brouhaha est un sport délicat.

Un soir, il y a eu un dîner chez Sontaar. Les plombs ont sauté. Personne dans la maison, pas même nous, ne savait où était le tableau électrique. Il n'y avait qu'une seule torche. Je suis allée la chercher et je l'ai donnée à Sontaar. Dans le noir, les invités ont commencé à se déplacer au hasard des allumettes, de l'obscurité, guidés par le phare rouge des bouts incandescents des cigarettes. Nous nous sommes frôlés, croisés sans nous reconnaître, dans la pénombre. Certains riaient, d'autres s'étaient tus ou parlaient plus fort, d'autres n'ont pas bougé de table. J'ai glissé le long des murs. Je suis montée dans ma chambre, j'ai croisé Sontaar dans l'escalier. Il m'a demandé où était le tableau électrique. Je lui ai dit d'aller voir en bas. Puis j'ai croisé un de nos invités. Il m'a fait chut et m'a touché le corps. Je suis restée figée. Je sentais ses mains et sa bouche s'approcher de la mienne. Il me l'a ouverte avec sa langue, j'ai répondu avec la mienne. Puis je me suis dégagée, il a voulu me suivre. Je lui ai dit, ne viens pas. Il a dit, salope. J'ai fermé la porte de ma chambre. À cet instant, la lumière est revenue. N'y avait-il donc pas moyen de disparaître tranquille ? Quand allait-on me laisser seule, entièrement seule ? À jamais. Il a fallu redescendre. Tout recommencer. Impassible, j'ai repris ma place auprès de Sontaar. Où étais-tu ? a-t-il dit. Je crois que c'est la première fois qu'il s'apercevait de ma disparition. J'ai répondu, ici.

Plus mon corps changeait, plus je regardais les femmes dans la rue. Et de là l'idée de mort m'a gagnée. Mon corps me trahissait, son apparence m'échappait, je n'avais plus barre sur lui. Je m'étais vantée de le maîtriser, du moins le croyais-je, je m'étais plu à croire que rien ne pouvait enfreindre cette liberté. Mais il n'en était rien. Je devais bien admettre qu'il évoluait sous l'effet de ressorts secrets, auxquels je ne comprenais rien. Maigre, gonflée, asséchée, œdémateuse, j'étais tout à la fois. Quand je t'ai rencontré, je me suis demandé comment tu allais trouver ce corps et si tu percevrais son étrange état. Dans mes vêtements trop grands se cachait mon corps qui peu à peu disparaissait. Je regardais le corps des femmes dans la rue depuis le mien. Spécialement lorsque avril cède du terrain au beau temps. Elles se montrent. Même lorsqu'elles ne sont pas jolies, c'est ce qui est joli. Parfois c'est assez émouvant, parfois cruel ou triste. Elles se donnent à voir. Motivées par une poussée incontrôlable qui les dénude. Les femelles s'exhibent. Pour elles-mêmes. Pour les hommes aussi. Je les regarde alors comme tu pourrais le faire. Mais je n'ai pas envie de sexe avec elles, non, ce n'est pas ça. Non, je les regarde comme des phalènes qui cherchent sans relâche la lumière, pour la capter, l'immobiliser sur leurs élytres moites. Je les regarde ouvertement dans la rue, les cafés, dans leur voiture. Je regarde ces animaux maquillés, aux cheveux et aux ongles trafiqués, en collant noir et hauts talons. Celles qui se harnachent encore en hiver paraissent noiraudes et livides au premier soleil. J'ai maté des centaines de femmes juste sorties des jours gris, pâles ou déjà dorées, des filles en sommeil, des femmes qui ne sont belles que bronzées. Certaines n'ont pas aimé que je les regarde. Mais j'ai vu comment d'autres apprécient d'être remarquées par une jolie fille. Comment elles se sentent prises dans la beauté de l'autre. J'ai observé leur démarche, sans en suivre aucune. J'ai regardé ces femmes, ces filles, leurs filles parfois. J'ai traîné dans les boutiques, juste parce qu'elles y étaient, en quête de vêtements, de souliers, de sacs, de dessous, de ces riens dont elles croient qu'ils vont les combler. Parfois un homme, leur homme, les accompagne. Il s'impatiente, mate les autres, trouble ce moment si intime, paie. Obscène.

Parfois, quand je regarde les femmes, je ne suis plus là. Je ne suis pas là pour être regardée. Je m'oublie, suis absente. Je m'habille n'importe comment, je me néglige. Personne n'est là pour me dévisager. Elles seules comptent. Les regarder, cela seul compte. Je suis une touriste qui mate des femelles. Jamais il ne m'est apparu plus vain d'essayer de faire partie de leur groupe. Quel mystère est à percer en les matant ainsi ? Chercher à savoir ce qui motive leurs trafics, chercher à capter l'énergie qui les pousse vers des culottes, des collants, de la lingerie, des vêtements. Les hommes ? Je ne crois pas. Seul le rêve d'elles-mêmes les aveugle. Elles cherchent sans fin à faire la lumière sur une image idéalisée que réverbèrent l'ourlet d'une jupe, la dentelle d'un string, la fragilité d'une bretelle. Dans ces moments-là, je les sens bouclées sur elles-mêmes, en circuit fermé. Aucun homme ne saurait s'immiscer dans leur choix, même si c'est à eux, après coup, qu'elles adressent leur fantasme. J'aime cet instant où tout est encore sous forme de projet. Faire des courses, chercher à s'habiller, c'est un projet, presque un complot, afin de vaincre, d'atteindre, de dominer enfin cette vision rêvée qu'elles se sont fabriquée. Toutes les frustrations, les désirs, les aspirations rendent ce moment si fragile. Combien je vois d'approximations dans ces tentatives. Combien de tâtonnements dans l'antichambre de leur parade. Dans ma tête, je pénètre dans la cabine d'essayage. Les erreurs s'accumulent. Les fautes de goût par manque de temps, par oscillations entre tendance à l'artifice et soumission au naturel. Simulacre et faux-semblants, fausse évidence des choix, hiérarchie énigmatique des préférences représentent autant d'instants où je les surprends. Certaines sortent repues de cette quête. Et parfois, de cette somme de malentendus, il résulte une harmonie miraculeuse, une fille belle à pleurer, une fille dont la beauté est antérieure à cette quête et qui sort indemne de cette frénésie, à la grâce planante, inconsciente de son rayonnement.

Après mon opération, j'ai traîné ma carcasse, l'observant puis l'ignorant. Je me suis mise à la cacher. Je ne voulais plus qu'elle soit à ma charge. Je voulais m'en dispenser. On m'avait dit, à la suite des dernières biopsies, que tout allait bien. J'ai voulu voir un autre médecin. J'étais perdue. Cet homme m'a dit, vous ne

83

voulez plus de règles ? Vous ne les aurez plus. Vous ne voulez plus de traitement ? Très bien. Suivez les jours indiqués sur cette boîte et prenez chaque jour un comprimé. Tout est prédosé. Tout sera réglé. J'avais bien aimé ce mot « réglé » et l'avenir qu'il me promettait. C'était donc aussi simple que ça ? Ça pouvait donc être aussi radical ?

J'ai commencé les nouveaux médicaments. Il y a eu alors comme un vertige qui a duré plusieurs jours, une chute silencieuse, un suspens de mon corps aux aguets. Je n'avais pas peur. J'étais au bord, prête à commencer à disparaître, en chemin. Comment nommer cet ailleurs ? Vers où allais-je ? Il n'y avait pas de nom pour ce lieu.

Lorsque j'ai rencontré Sontaar, le processus de ma disparition commençait. J'ai tout de suite repéré chez cet homme qu'il me laisserait faire. Il ignore le corps. Même son propre corps. Il aime les femmes, il dit les aimer. Il couche avec elles mais il ne se connecte pas, tu comprends. Il me demandait, ça va ? Il ne manquait pas d'affection mais d'attention. Il n'était pas concentré sur moi, sur nous, sur personne. Et je l'ai compris aussitôt. Immédiatement, Sontaar m'est apparu comme celui qui me laisserait en finir sans s'apercevoir de rien. J'en ai fait mon complice à son insu. Il me trouvait absente, c'est tout. Et comme lui l'était souvent, il devait se dire que nous étions quittes. Sais-tu ce que c'est de croiser un homme qui ne te voit pas ? Je trimbalais ma personne transparente sous ses yeux. Mon corps, très vite, il ne l'a plus touché. Au bout de quelques mois après notre rencontre, j'ai réussi à le dissuader de s'y intéresser. Pendant ce temps-là, je me disloquais secrètement. Peut-être voyait-il d'autres femmes, aimait-il d'autres corps tandis que je flottais et m'éloignais. Que valait pour lui un corps qui n'était pas le mien ? Plus je lâchais prise, plus il verrouillait notre vie matérielle. Il planifiait ses absences, ses voyages, nos vacances, les dîners qu'il voulait donner à Paris, avec ou sans moi, mais en me demandant à chaque fois d'être là. Il me convoquait, organisait nos sorties lorsqu'il rentrait de voyage, venait jusque sur le palier de ma chambre. D'une certaine façon, par-delà son détachement, il ne me laissait pas faire mais n'en avait aucune idée. C'est peut-être grâce à lui, sans qu'il le sache, que j'ai gardé la tête hors de l'eau, que je n'ai pas pu tout lâcher sans retour.

J'ai suivi scrupuleusement le traitement de ce médecin qui disait que tout allait être réglé. Et au moment où je pensais que tout l'était, le sang s'est mis à couler. Un flux sombre, chaud, épais. Ce n'était pas le sang des règles. Ce n'était pas celui qui me rapprochait des autres, pas celui qu'elles attendaient tous les mois. Non, ce n'était pas le sang des femmes. C'était celui de la dévitalisation secrète de mon être. Cela a duré des semaines. Comme une lente coulée de lave, une purulence visqueuse. J'ai laissé faire. L'idée était de tout perdre, de tout lâcher, de s'alléger, de ne rien épargner à cette défaite, tu vois. Je pensais, tu vas bientôt pouvoir couper les ponts avec l'autre race, le passage par la biologie des femmes ne sera bientôt plus qu'un souvenir flou. Lorsque je les regardais, je leur disais adieu, je les observais comme des êtres étranges et lointains, agités de désirs et de jouissance qui n'évoquaient plus rien pour moi. Puis le sang s'est tari. J'ai pensé, ça y est, il ne reviendra plus. J'y suis. Au bout. À la fin. À l'issue.

En Chine, je m'étais dit que c'était la dernière fois que... que je vivais ou que je faisais semblant. Je ne cessais d'ajourner ma décision, et toi ou un autre représentiez peut-être un des derniers avatars qui me permettrait de vérifier si tout cela valait encore le coup.

Lorsque je t'ai revu à Paris, nous avons clairement partagé le sentiment que nous avions quelque chose à faire ensemble. Mais je me demandais si tu allais être capable de composer avec mon corps vide. Nous nous sommes rencontrés plusieurs fois à Paris, à mon retour d'Ibiza. Ce fut à chaque fois un éblouissement mutuel, nous nous sommes embrassés jusqu'à ne plus rien sentir, nous nous sommes caressés, nous avons cherché nos sexes et nos langues, mais je ne t'ai rien dit de ce qui m'arrivait. Il y avait entre nous l'ébauche d'un départ, mais je ne savais pas non plus qui tu étais. Nous n'avions pas encore fait l'amour, nous ignorions comment se comporteraient nos corps ensemble. Puis tu es reparti. En voyage, « pour mon boulot ». Tu étais ailleurs. Tu bombardais mon téléphone de messages frais et vibrants. J'étais littéralement interdite devant tant de bruit et d'agitation provenant de villes inconnues, de territoires que tu me racontais comme un gosse écrirait une carte postale et j'avais fini par redouter tes appels qui me hurlaient tant de gentilles platitudes. Et puis soudain, comme une embellie sans préambule, tu délivrais des mots pépites, des phrases miracle, enclenchant des tensions amoureuses phénoménales qui me prenaient en otage. Je vacillais en quelques secondes sous le pouvoir de tes mots. Mais persistait toujours ce manque léger et entêtant, cette absence qui diluait ta trace jusqu'à ton retour. Toi, tu devais me trouver conciliante ou quelque chose d'approchant.

Je ne pouvais pas m'empêcher de penser que tu savourais ton absence, l'effet qu'elle produisait sur moi. Tu étais mal tombé. Tu ne savais pas combien je laissais filer les gens, les hommes et les femmes, mes parents ou l'argent. Je ne faisais pas lien, je ne faisais pas d'efforts pour retenir un être ou des biens. Je n'ai jamais perçu le monde comme une réalité à m'approprier. J'y mettais les pieds, et c'était déjà beaucoup. Mais ta ferveur, ton envie, tout était neuf.

Je t'aimais d'avoir envie de moi, de me trouver belle. Je t'aimais d'ignorer que c'était difficile pour moi. J'avais le sentiment que, grâce à toi, je pouvais tourner le dos à un territoire connu de moi seule et d'où il me serait, peut-être, enfin, possible de revenir. Et qu'une des destinations que j'allais connaître le mieux serait le palier de ton cinquième étage où tu m'avais emmenée un soir. Mais j'ai refusé de rentrer dans ton appartement. Pour la première fois depuis très longtemps, je ressentais la peur. Peur de mon corps sans pedigree, peur de mon corps qui n'avait couché avec personne depuis trop longtemps. J'avais oublié de le confronter au sexe d'un homme. Depuis trop longtemps, je ne l'avais pas exposé au désir, j'avais limité les risques, je l'avais soustrait aux gens normaux, à ceux qui veulent coucher et jouir. J'avais peur que tu me compares aux autres, à elles, à celles, les normales, que tu avais baisées avant moi.

Là sur le palier, devant ta porte, j'ai eu envie de tes doigts, de ton sexe qui gonflait ton pantalon. J'avais la main dessus. Je sentais sa masse dure que tu poussais contre ma paume. J'avais envie de la prendre dans ma bouche tout de suite. Je voulais tout savoir d'emblée, connaître à quel degré de compatibilité je pouvais m'attendre. Tu as repris mon visage entre tes mains, tu ne voulais pas me laisser faire. J'ai senti furtivement que ton membre avait commencé à décliner avant que tu ne me forces doucement à quitter les parages de ta bite. Mais déjà tu cherchais mon sexe. J'ai cédé, accroupie, cuisses écartées pour te le donner. J'avais envie de tes doigts au milieu de moi, que tu fasses de ce coussin de chair, de peau fragile, le centre de moi-même. Que je ne sois plus que cela à cet instant, le point de convergence de notre faim.

Il y avait l'imminence d'être dérangés, l'ascenseur prêt à tout moment à se mettre en route et à s'ouvrir, à la porte de chez toi. À la porte de mon sexe. Sur le seuil d'une expé-

rience érotique qui pouvait dérouter nos vies.
J'ai eu envie de te donner mes seins à baiser.
Mais nous étions cadenassés par la bouche
comme des sexes siamois. J'ai aimé la mollesse,
la douceur de ta langue, les frottements des
deux muscles doux et lisses qui se branlaient
l'un l'autre. C'était en permanence des déchar-
ges de salive qui huilaient les muqueuses. J'ai
aimé ta bouche aussi humide que si tu venais
de boire. Les yeux fermés, tu me buvais, moi
qui ne t'avais pas plu tout de suite. Je t'ai
deviné t'en étonner encore. Je me sentais prête
à tout prendre et réticente à tout lâcher. J'avais
peur. Je voulais aller plus loin et plus lentement, j'avais peur que mon corps ne me tra-
hisse encore. Est-ce que la mort se voit ? Est-ce
qu'un sexe en train de mourir, ça se sent ? Je
craignais pendant que tu me cherchais la vulve
avec tes doigts, de n'être pas assez mouillée.
J'avais trente ans. Ce qui se passait m'obligeait
à retendre la mécanique des désirs. Ce qui se
passait, c'était que tu étais là. Et moi, fauchée
en plein élan vers ma fin. Je n'étais plus à ce
que je faisais, habitée par l'idée que le bien qui
précède ne fonde pas le mal qui suit. Ni la

douleur qui lui succède. L'idée que le bien qui précède est totalement effaçable en cas de malheur.

L'idée que la rupture est une composante de la continuité.

Et puis je me suis ressaisie. Je suis partie dans la nuit après avoir senti approcher le point de rupture de notre résolution de ne pas tout se donner. Sontaar n'était pas là. La maison était à moi et j'ai repris de la hauteur dans ma chambre blanche, au faîte des arbres neufs.

Une fois de retour à Paris, la maison de l'île s'était mise à m'obséder. Elle s'était installée en moi, comme un corps étranger, et avait déjà colonisé les cellules, les espaces libres, les déserts que j'avais laissés en friche volontaire. J'avais abandonné près d'elle une part de moi-même. Pourtant, je n'en avais toujours pas vu l'intérieur puisque la propriétaire restait injoignable. On lui avait laissé des messages. En vain. Je n'ai pas pu m'empêcher de retourner dans ses parages sauvages, abandonnés, sans soins mais chauds, familiers déjà. Elle et moi avions commencé à nous parler. Il n'était pas question de rencontrer du monde, des voisins, des locaux. Je m'en foutais. Mais je devais y être. Là pour elle, pour ce qui nous attendait toutes les deux. Ce serait le siège de ma mort lente, mieux qu'à Paris, là-bas mieux cachée que nulle part ailleurs. Il fallait juste être disponible à cette télépathie étrange. J'avais du mal à rentrer à Paris, incertaine que tu m'y attendais. Puis tu es revenu. Pourtant la maison plus que toi me donnait le sentiment d'une rencontre capitale. Sontaar m'avait dit qu'il voulait la maison pour moi. Ce « pour toi » résonnait maintenant comme « à moi ». Je ne t'avais rien dit. D'ailleurs, tu ne demandais rien. Je recevais tes messages sans savoir d'où. Nous ne savions presque rien l'un de l'autre. Puisque le monde était disponible, peu m'importaient ses frontières. La seule que nous n'ayons pas encore franchie était celle de nos sexes.

Tu ne savais rien encore. Tu ne savais rien de mon corps qui ne fonctionnait qu'aux hormones depuis l'âge de dix-huit ans. Tu ne savais rien de mes seins. Rien n'est naturel dans mon monde et j'en revendique l'immense liberté. Pour moi, la fille à part, le mot filiation est banni et il n'y a rien à redire à ce phénomène. En moi, ça ne ressemble à rien. C'est un contrat, une enveloppe physique fabriquée à coups de chimie, qui s'est avérée très efficace, puisque, m'affirme-t-on, je suis incroyablement féminine. Rien qui se voie. Un peu de drame greffé sous la peau, c'est tout. Et tenter de vivre, prétendre vivre et s'étourdir de parades pour que les autres n'y voient que du feu. C'est donc, pour le restant de ma vie l'attitude : rendre invisible ce qui me constitue.

J'ai souvent choisi le dédommagement par la colère. Personne ne comprenait d'où venait ce qui fermait ma bouche et durcissait mes traits. Je demeurais imperméable à l'enchantement. Rétive à tout ce que les humains inventent pour rire du monde dans lequel ils vivent et le rendre plus léger. Je ne riais pas, je ne pleurais pas. C'était mort en moi. Personne ne le savait. C'était caché, planqué sous les fards. Si facile d'aveugler hommes et femmes avec mes jambes, mes yeux, mes mots, mes silences. C'était très facile qu'on me foute la paix. Je m'offrais ce plaisir désespéré sans retenue, un exercice qui me ravinait de larmes.

Je m'étais imaginé instantanément, à dix-huit ans, dès ma sortie de l'hôpital, que j'étais née avec des pansements, on m'avait dit « des bandelettes », à la place des ovaires. Voilà en guise d'introduction au monde sexué, le message qu'on m'avait délivré. Pourquoi ? Il n'y a aucune réponse face à l'iniquité absolue de l'arbitraire. Mais puisque je voulais donner un sens à ce qui n'en avait pas, puisqu'il est parfois plus confortable de satisfaire aux arguments de la morale judéo-chrétienne, puisque j'avais baigné dans le culte du sacrifice, je me disais qu'au fond, c'était mieux que ça tombe sur un corps comme le mien, rétif à toute compromission, à toute adhésion, plutôt que sur une de celles qui fondent les trois quarts de leur vie sur l'existence d'un nouveau-né.

Tu étais très souvent absent, mais lorsque nous nous voyions, tu me demandais de me fier à ton sexe, indicateur infaillible de tes émotions. C'est une vision du monde comme une autre. Si tu voulais en passer par là pour me dire que tu avais peur de tomber amoureux de moi, j'étais d'accord. Et même, ça tombait plutôt bien. Puisque mon monde avait très tôt pris un cours sexuel, autant prendre sur nous-mêmes un point de vue sexuel.

Voilà pourquoi je t'écris. Parce que tu ne sais rien. Parce que tu n'as rien deviné. Parce que tu ignores presque tout de la fille que j'ai été. Tu ignores ce qui se passait derrière les murs de ma maison à Paris. J'étais là-haut, dans ma chambre, au dernier étage. Avril faisait pousser aux branches des feuilles tendres sur les arbres dont je voyais la crête. Il faisait chaud. J'avais faim mais je ne voulais pas descendre. En bas, dans la cuisine, il y avait un chef et des serveurs venus spécialement pour l'occasion. Il y avait des assiettes de location, des verres de location, des couverts de location. Une trentaine de personnes étaient conviées au dîner de Sontaar. Il m'avait dit, tu es invitée, chérie. J'avais dit, non, je ne suis pas là.

Ce soir-là, je n'avais rien à faire, comme beaucoup d'autres soirs, alors j'étais là-haut, retranchée dans ma chambre blanche. Je ne suis pas du genre à vouloir remplir mes soirées. J'aime les laisser vides. Je m'étais dit, je ne veux pas être cette femme, je ne veux pas être la maîtresse de maison, je ne veux pas dire bonjour, je ne veux pas être invitée à dîner chez moi. J'aurais voulu avoir autre chose à faire, mais je n'avais rien. Les gens ont peur de moi. Les femmes ne m'invitent pas. Je n'ai pas beaucoup d'amis. J'effraie les femmes seules, les femmes mariées, celles qui vont se marier, les divorcées, celles qui cherchent un homme. Je ne suis pas invitée parce que je suis sans généalogie, sans précédent, parce que je suis sans suite. Parce que je ne suis pas inscrite et que je ne le veux pas. Pour cette raison, elles n'ont pas fait de moi leur sœur.

Ce soir-là, chez moi, je n'étais simplement pas chez moi, dans cette maison où les « pièces de Sontaar », par opposition à « ma chambre », étaient autant de sas. C'était absurde. Il fallait partir. Les odeurs de viande montaient. Celles des cigares et des cigarettes rentraient dans la chambre. Le chat est venu. Je l'ai gardé près de moi.

Quelqu'un a frappé à la porte de ma chambre. C'était une femme. Elle parlait fort. Je la connaissais, une amie de Sontaar. « Il m'a dit que tu étais là. Je voulais te dire bonjour quand même. » Pourquoi « quand même » ? Elle ne m'avait jamais manifesté le moindre intérêt, seulement elle voulait voir. Elle parlait vraiment fort, comme si elle transportait tout le dîner avec elle. Je pressentais que les autres monteraient aussi, en pèlerinage. J'étais pour elles une attraction amusante, une curiosité comparable à une vidéo ou une performance. Je ne savais pas comment lui demander de partir. J'ai dit, je vais me coucher. Ah bon, tu es malade ? a-t-elle dit tirant sur sa cigarette. Oui, je suis malade, j'ai dit en resserrant la ceinture de mon peignoir. À ce moment-là, j'ai su qu'il fallait partir. Quitter ce lieu où j'avais pensé orchestrer ma disparition sans une vague. Me recomposer ailleurs ou me décomposer, dérobée au regard des autres, en silence, entre deux de tes absences, toi qui étais si loin de tout.

J'ai alors pris la décision de parler à Sontaar. Lorsque j'étais rentrée d'Ibiza, nous avions discuté de la maison sur l'île. Il m'avait presque fait jurer que c'était bien celle-là, que je ne me trompais pas. Il voulait que je lui raconte tout, que je lui parle d'elle comme s'il désirait être séduit lui aussi par ce lieu. Il voulait que je la lui livre dans ses secrets et ses détails, dans les replis sacrés de son retranchement. Je lui ai tout raconté. Il m'a fait répéter plusieurs fois comment était Marie-Claire, comme s'il allait les confondre, comme s'il s'agissait de deux femmes. Je lui ai raconté sa gouaille franchouillarde et pourtant cette allure qu'elle avait sûrement eue, et comment désormais elle paraissait protégée par son jeune fiancé à la Range Rover, alors qu'en fait, c'était elle qui semblait mener tout, entre deux taffes de clope et des rasades de vin blanc. Elle disait, c'est plus diurétique. Sontaar a ri. Il a trouvé que je faisais bien Marie-Claire. Mais je n'étais pas venue pour ça. J'étais venue lui dire que je partais. Il s'est mis à fumer ses cigarettes brunes. Il s'est assis sur le canapé. Je retenais ma respiration. Mon cœur battait fort. Il me semblait que ça commençait. Ça commençait à vivre au-dedans de moi. Il fumait ses cigarettes qui lui faisaient du mal. À cet instant, tout lui faisait mal, mais il encaissait. Je venais de dire, je pars de la maison. Même si ça ne servait à rien, j'ai ajouté, c'est mieux comme ça. Puis je n'ai plus rien dit. J'ai juste tripoté un paquet de cigarettes sans en allumer. J'ai caressé le chat qui est venu se glisser là. J'ai imprimé une petite trace en forme de croissant avec mes ongles sur la pulpe de mes doigts.

Il a senti qu'il ne serait pas facile de tirer beaucoup plus de ma décision.

Il a répondu, tu es trop intense. Tu me regardes, tu ne dis rien, tu mets du silence et ça m'interdit, ça me gifle, ça me blesse. Je ne sais plus comment t'approcher, alors je passe à côté. Mais je ne te chasse pas. Pense à la maison sur l'île. Elle est pour toi, enfin pour nous. Penses-y.

Il a dit tout ça d'un coup. Dans la fumée bleue de sa cigarette.

J'avais les larmes à portée de main.

L'idée que le bien qui précède ne fonde pas le mal qui suit. Ni la douleur qui lui succède. L'idée que le bien qui précède est totalement effaçable en cas de malheur.

L'idée que la rupture est une composante de la continuité.

En quelques minutes, tout était fini. Je n'ai pas pensé à toi pendant cet échange. Sontaar n'a pas posé de questions. Il n'a pas dit comme dans les films, il y a quelqu'un d'autre ? C'est le style Sontaar, efficace, épuré, fait de masses et de lignes abruptes, mais je me suis fait l'impression d'être la plus sauvage des deux.

C'est à ce moment-là que tu es revenu à Paris. Tu avais envie de me voir. Moi aussi. Je me sentais forte, séduisante, je respirais. J'avais pris ma décision de quitter la maison et Sontaar. Je sentais refluer mon désir d'en finir, même si mon corps ne répondait toujours pas. J'avais prévu de t'emmener à une fête où il y aurait du monde, où je voulais être belle pour toi. Je voulais qu'on se retrouve sur place, comme une autre rencontre, un hasard qui démultiplierait notre désir d'être ensemble. Sans savoir que c'était l'occasion rêvée pour un malentendu.

Tu étais là, je t'ai vu la première. Tu ne m'as pas vue. Je m'en suis voulu aussitôt d'avoir induit cette situation. Des amis m'interpellaient, me disaient bonjour, me cherchaient.

Des gens dont le prénom me fuyait à la seconde où je les embrassais, hagarde, incapable de les nommer. Je ne trouvais rien à leur dire parce que mes yeux te cherchaient. Je n'étais pas du tout à ce que je faisais. Ça devait se voir. Ça se voyait. J'éclatais, je rayonnais. J'avais l'impression de projeter des splashs de blondeur et d'yeux bleus. J'étais portée par ce désir de toi. C'était con. Dangereux surtout. J'avais le sentiment que c'était là qu'aurait lieu notre vraie rencontre. J'étais survoltée, extatique presque high, possédée par une transe qui me tendait.

J'ai bu. Du vin blanc avec des glaçons. Tu étais là, pas loin mais absorbé, ailleurs ; tu parlais avec des filles. Vu ta taille, tes yeux effleuraient leurs seins, leur peau. C'était implacable, insupportable. Ça me déchirait, une blessure interne qui sectionnait des organes vitaux. Tu as sorti ton portable et enregistré le numéro d'une des filles. Elle s'est penchée vers l'écran de ton téléphone et a vérifié à côté de toi que tu l'avais bien noté. Qui était cet homme que je ne connaissais pas ? Je réalisais combien je t'avais inventé. Je n'avais simplement pas pensé que tu faisais ce genre de choses, ni ici, ni dans aucune ville où tu te barrais. Et puis une amie est arrivée, bruyante, chahuteuse, trop excitée. Elle s'est glissée derrière moi, a voulu me surprendre, m'a pris la taille par-derrière mais a heurté mon coude. Au bout duquel il y avait mon verre de vin blanc, dernière amarre m'aidant à ne pas tout lâcher. Le verre est parti comme une roquette sur les robes des filles, les costumes des hommes, en une démultiplication de gouttelettes fraîches mourant sur les jambes nues, tachant les pantalons. Mon verre est parti comme si j'avais voulu le lancer. Il s'est écrasé loin. Alors tu t'es tourné. Tu as vu que je restais sidérée dans le fracas, les bris de verre, les coupures, par le début de vertige qui remplissait mon regard pendant qu'un serveur commençait à essuyer. Tu as compris que j'étais déjà là et que j'avais vu. La fille bruyante m'a prise dans ses bras en riant et a dit, ma chérie, c'est fou l'effet que je te fais. Cette soirée m'a dès lors semblé pitoyable et barbare.

Un garçon que je connaissais bien est passé à cet instant. Il a murmuré sèchement, reste pas comme ça, puis il m'a emmenée plus loin. Ça m'a douchée. Il fallait prendre le drame de vitesse. J'avais besoin d'un truc fort, d'un adjuvant efficace, n'importe quoi pour sauver cette soirée. Il m'a conduite aux toilettes pour hommes. Il a dessiné une petite ligne de poudre blanche, fine comme une crête volatile sur le couvercle de la cuvette. J'ai dit, pas trop. Il a demandé pourquoi. Je ne savais plus si je voulais être là ou partir. J'ai reniflé. Fort. Profond. En quelques secondes, dilatation du cerveau, nettoyage de mes sinus, de mon cortex, de mes globes oculaires, devant, derrière. Ça a bougé, ça a glissé, ça a lâché, ça s'est crispé, puis ça a pris son élan dans ma tête. C'était prêt à se lancer tout schuss dans mon corps, dans mon sang, dans ma bouche. Ça rebondissait sur mes dents qui semblaient pousser vers l'extérieur. Ça a démenti illico l'alcool que j'avais bu. Je n'étais plus pétée. J'étais passée au-delà. En mode hyper-réel. On est ressortis. On s'est frottés, on a bousculé des corps, on ne savait plus qui tenait l'autre. Il m'a dit, viens mon amour, et plus rien ne me déchirait. Il m'a dit, viens mon amour, ma beauté, ma chérie, et ça m'enveloppait. J'ai ouvert les yeux, j'étais d'aplomb. C'était une autre façon d'être poreuse à ce monde-là. Au-dessus et fondue dedans.

Combien de temps ai-je passé ainsi, à sourire, à parler sans rien dire, jusqu'au flottement le plus parfait ? Combien de temps en suspens dans cette fête devenue le théâtre de ma défaite ? Combien de temps être encore cette merveilleuse amie à pédés ? Combien de temps rester là, maîtresse d'un tempo inutile, reine du temps perdu ?

Tu m'as regardée de loin et tu as souri. Tout mon corps te répondait avec ce drôle de regard qui te faisait sans doute te demander ce que j'avais. Tu ne t'es pas approché de moi et ça ne me déchirait pas. J'étais si bien que je ne pensais pas, ça ne me déchire pas encore. J'étais bien, mais depuis combien de temps, en fait, était-il si agréable d'être mal comme ça ? D'un coup de reins, j'ai lâché mon ami, lui ai dit, adieu mon amour, en glissant hors de sa sphère. Je n'entendais plus rien, je n'étais déjà plus là. J'ai croisé des visages que je ne reconnaissais plus. Je me sentais blindée comme un coffre en sortant dans l'avenue Montaigne. La cocaïne me portait toujours mais pas pour très longtemps. J'en avais pris trop peu. Je me sentais scellée au vide. Un élan me projetait hors de cette fête triste. J'ignorais les gens, les regards, les odeurs de ceux qui marchaient dans la nuit.

Au moment de partir, je t'ai croisé. Tu partais aussi. Seul comme moi. Nous nous sommes entrechoqués, là, dans le hall de la fête, là où tout aurait dû commencer. Maladroits, impatientés, indécis.

On s'est lâché un « Salut » comme on largue du lest pour prendre de la hauteur. Trop vaniteux pour se reprocher d'être lâches.

J'ai commencé à remonter à pied vers la station de taxis. Au bout de quelques pas, mon téléphone a vrombi dans mon sac. Une fois, trois fois, dix fois. Je n'ai pas eu besoin de vérifier. C'était toi, obstinément, sans laisser de message.

Le téléphone signalait sept appels en absence. Je ne me répétais qu'une seule chose, pour moi-même, une psalmodie sans retour : « Qu'est-ce que tu en sais ? Qu'est-ce que tu en sais ? »

Et puis tout s'est brouillé. Le temps de remonter quelques rues, ma tête s'est encombrée de souvenirs lourds. Que savais-tu des corps-à-corps sans plaisir ? Des rencontres de hasard ? Du sexe sans désir ? Pourquoi m'appelais-tu ? Moi une fille sans rien à donner.

Soudain, je t'ai vu, là, devant la station de taxis. Tu étais passé par une autre rue. Tu n'étais plus le même. Tu n'avais plus que moi dans ton viseur. Tu semblais désarmé. Il n'y avait rien à dire. Tu étais là, c'était tout. Je ne voulais pas que tu me raccompagnes. Il était vain de compter sur la rue et le va-et-vient des voitures pour abréger la rencontre. Je voulais fuir. Ta présence muette me barrait la route. Plus rien n'était léger. J'ai dit, que veux-tu ? C'est sorti comme un hurlement. Il y avait trop de voix dans ma phrase. Les octaves m'ont dépassée. Mes mots se sont rués à ta rencontre. Mais tu n'as pas répondu. Je ne pouvais pas sourire. Je ne pouvais pas m'en tirer comme ça. J'ai demandé, tu m'as suivie ? Et puis, pourquoi. À cet instant, j'ai senti que je n'étais plus vide, moins que tout à l'heure en tout cas. Tu me scrutais. J'ai ajouté, tu ferais mieux de rentrer. Tu as demandé pourquoi. J'ai répondu que je n'avais rien à dire, rien à faire avec toi, qu'il ne fallait pas me suivre ou tenter de me joindre.

Ça n'avait aucun sens mais ça meublait. Nous étions au bord l'un de l'autre sans que rien ne bascule. Rien ne lâchait. C'est là que tu m'as demandé, qu'est-ce que je t'ai fait ? Pourquoi dis-tu ça ? Mais tu ne pouvais pas comprendre d'où je venais, qui j'étais, tu ne pouvais pas comprendre qu'il n'y avait rien à espérer, que je n'étais pas le genre de filles à donner rendez-vous dans une soirée pour jouer. J'étais murée. Lorsque tu m'as rencontrée, j'étais prête à ne plus exister. Tu ne t'es rendu compte de rien. Mais, là, à cet instant, j'ai senti qu'il fallait te parler. Je te le devais. Je t'ai alors appris qu'il y avait un homme dans ma vie, que j'avais décidé de le quitter et que je cherchais un apparte-ment, je voulais tout changer. J'étais déjà sur le départ. Je ne pouvais pas te voir dans ces condi-tions. Ça me mettait en danger. C'était le sens de cette phrase étrange que je t'ai dite : Je ne tire pas à blanc. C'était comme ça. Je ne savais pas faire autrement. C'était dit.

Soudain, des bouffées de nuit fraîche, rondes, parfumées de senteurs de ville nocturne, nous ont entourés. Quelque part devant nous, une fissure a zigzagué sous nos yeux, une lézarde dans la pénombre a ouvert mon cœur. Tu m'avais écoutée sans ciller. Que comprends-tu de ce que je te dis ? t'ai-je demandé. Et tu m'as répondu, il faut essayer. J'étais sans voix. Il faut essayer ? Il faut essayer ? j'ai répété tragiquement, incapable de légèreté. Je t'ai dit, je ne sais pas essayer. Tu as fait un pas vers moi. Mais j'avais peur de ta main dans mon cou. Je ne voulais pas de ce geste. Je t'ai dit, ah non, pas la main dans le cou. Tu m'as trouvée un peu conne à ce moment-là, je crois. J'étais butée, je ne désarmais pas. Essaye avec moi, tu as rajouté. J'ai vacillé. J'avais mal au cœur. Je me suis pliée en deux. La nuit n'était plus tendre. J'ai vomi entre deux voitures, mes intestins dans la gorge, dans la rue, dans le caniveau, puante et ridicule dans ma robe décolletée. Mon sac a rayé la carrosserie de la voiture sur laquelle je m'appuyais. Je me suis vidée au pied des taxis, réduite en bouillie. Je me suis retournée. Tu n'étais plus là.

Je m'étais mise à chercher un appartement, à appeler les agences. C'est pour vous ? Vous vivez seule ? Vous avez quel âge ? Vous êtes pressée ? Non ? Ah, vous avez le temps… un arrangement à l'amiable ? Remarquez, ça vaut mieux. Deux chambres pour les enfants ? Ah, pas d'enfants ! Monsieur en a sans doute de son côté… un week-end sur deux. Ah, non plus. Oui, oui, j'ai bien entendu, pas d'enfants du tout. D'accord, j'ai bien compris. Alors, des volumes atypiques, ça peut vous convenir, un atelier d'artiste avec mezzanine ou un dernier étage, du charme, sous les toits avec poutres ? Non, pas de poutres, très bien. Je reste sur un lieu de vie atypique. Je fais mes recherches et je vous rappelle, madame, euh, mademoiselle, hein, on ne sait plus de nos jours. Enfin, au revoir, hein, a fini par conclure le responsable de l'agence immobilière.

Connard, ai-je soupiré. L'appartement dont j'avais retenu l'annonce n'était plus libre, mais il avait bien noté ma demande. Ils disent tous ça. Ils notent ta demande. Ils notent ta vie. Ce qu'il en reste, ce qu'ils en veulent, au poids, au mètre carré. Il leur faut des cases, des types, des étiquettes. Il leur faut des assurances, des garanties. Ainsi j'avais eu droit à un interrogatoire et à des remarques. J'ai raccroché en me disant qu'il était simplement impossible que quoi que ce soit de satisfaisant puisse jamais sortir de ce questionnaire.

Sontaar était là maintenant, presque tout le temps. Au moment où je partais, il avait décidé d'être là. Beaucoup plus que d'habitude en tout cas. Moins ailleurs, moins en voyage, là pour me croiser, là pour tenter de capter au passage quelques mots de moi. Le poil du chat s'était imprégné de l'odeur de ses cigarettes brunes. Je la sentais aussi, elle montait jusqu'à ma chambre que je laissais maintenant ouverte. J'ai toujours aimé l'odeur du tabac. Sontaar arrivait sur le seuil, frappait à ma porte, la main en coupe sous sa cigarette, avant de rentrer dans ma chambre, comme pour dire, regarde comme je fais attention à ta moquette, à tes meubles, à l'air que tu respires, regarde comme je ne veux pas que tes pieds marchent sur la cendre. Je l'ai laissé faire, l'ai laissé prendre de mes nouvelles, j'ai laissé ses mots dans le vide comme une lettre ouverte qu'on abandonne pour que n'importe qui la lise. J'étais en instance de fuite. Il le savait.

Un jour, un jeune type d'une agence immobilière a ouvert la porte du sixième étage d'un immeuble de la rue Christophe-Colomb, près de l'avenue Marceau. Un cube moderne posé sur le toit d'un bâtiment haussmannien. « Un produit atypique », il avait dit. Ils disaient tous ça. Je me demandais s'ils ne finissaient pas parler de moi.

Il y faisait noir, complètement noir. Je suis restée sur le seuil. Puis il a appuyé sur un interrupteur et les volets électriques se sont relevés d'un coup. La lumière de début mai a aussitôt rebondi sur les murs blancs, décochant des uppercuts aveuglants. Pas de lunettes de soleil, les yeux qui plissent. Un sourire qui change ma bouche. Et sortir en plein soleil sur la terrasse, se tremper dans la lumière qui ruisselle. Un escalier métallique en colimaçon conduit sur le toit depuis la terrasse. Paris s'étale devant les yeux. L'Arc de triomphe, les dômes, les flèches, les verrières, les zincs bleus, les cheminées, les ouvriers sur un toit, la butte Montmartre et son écœurant Sacré-Cœur, tout Paris est à ramasser d'une main. Je me suis retournée vers le jeune type, submergée d'oxygène, d'air, du désir de voler. J'ai eu envie de l'embrasser. Oui, je comprends, c'est dangereux si on a des enfants, ai-je dit d'un air navré. Ça fait un petit moment qu'il est à la location, a-t-il précisé, avant il y avait un jeune couple, mais dès qu'ils ont eu un enfant, ils ont dû partir, c'était trop risqué. Vous vivrez seule? Enfin, je ne veux pas être indiscret, mais vous avez exactement le profil pour cet appartement, vous comprenez, c'est vraiment idéal. Le propriétaire vous propose de le louer meublé ou vide, comme vous préférez. Si les meubles vous plaisent, tout est là et vous pouvez rentrer dedans dès que vous voulez.

C'est facile. Sinon… Je ne l'ai pas laissé finir. J'ai dit, vide.

Sontaar a voulu venir voir l'appartement. Mais j'ai éludé. Toi, tu cherchais à me revoir mais j'étais trop humiliée par notre dernière rencontre. Je savais qu'il valait mieux attendre. Nous ne nous étions toujours rien promis. Nous n'avions encore jamais fait l'amour et rien de décisif n'avait été prononcé. Tu m'avais dit qu'il fallait essayer mais je ne savais pas ce que ça voulait dire. Alors j'ai attendu dans cet appartement vide de me faire une idée à ton sujet. Je me demandais si tu n'étais pas qu'un dilettante élégant et oisif. Un homme qui voulait essayer. Essayer d'inscrire d'autres numéros de téléphone sur son portable lors d'une soirée ou essayer avec une fille vide à l'orée de sa disparition.

Dans cet endroit neuf, ce nouvel appartement, j'ai fait enlever les meubles. Ça a été très vite expédié. Nous avons rempli le constat des lieux avec l'agent immobilier, le jeune type un peu dragueur. Le constat des lieux, pour moi, ce n'était pas inspecter les parquets ou le carrelage de la salle de bains. Je comptabilisais

pour la première fois les images de nos rencontres, de nous à Paris, à Hong Kong, de
moi sans toi à Ibiza, les images de moments à
venir dans cet appartement. Un constat des
lieux à venir, un récapitulatif dont l'agent
immobilier n'avait aucune idée. J'ai signé en
bas de la page sans faire attention à rien.
L'appartement était presque neuf. La peinture
était blanche et nette, la cuisine aménagée
mais vide. Je m'en foutais, même si je suis
allée chercher un frigidaire, une plaque et une
bouilloire électriques, des tasses et des assiettes.

À toute heure du jour et de la nuit, je me
levais, regardais les lumières, percevais les
sons, captais les vibrations. Il n'y avait que des
bureaux dans l'immeuble. Cet appartement
paraissait une erreur, une vie privée oubliée sur
le toit. La rumeur des Champs-Élysées tout
proches s'effaçait en une rue. Je dormais les
fenêtres ouvertes. L'appartement était vide. Il
n'y avait que mon lit, des lampes, des livres et
un tapis rond dans le salon. Je m'allongeais dessus, j'écoutais mes silences, l'écho diffus de
toute la ville à mes pieds. Il y avait le ronronne-
ment des climatisations posées sur les toits, les

effluves lointains des nuggets du MacDo, quelques flashs des touristes qui photographiaient depuis la calotte de l'Arc de triomphe, les Libanais qui circulaient dans le quartier, les gens des bureaux qui disparaissaient dès le vendredi soir pour laisser la place à ceux qui venaient dîner et cherchaient les cinémas. Des Chinois et des Japonais en goguette. Des boîtes de nuit et des restaurants à la légende éventée, le Raspoutine, le Calavados et le Fouquet's. L'immeuble d'en face, encore des bureaux, avance vers le mien en proue de navire. La nuit, la faune composite qui transhume du Monoprix au Virgin ne s'aventure jamais jusqu'aux portiers déguisés de l'hôtel George-V. Il n'y a pas de commerces, pas d'épiceries, pas de vie de quartier, aucune boulangerie, pas de petits magasins qui dépannent, ni de cordonniers, ni d'artisans de Paris, et j'aime ça. Il n'y a pas de rue piétonnière, ni de Proximarket. Il y a uniquement des pharmacies qui pratiquent des prix prohibitifs, et plus bas la clientèle momifiée du Relais Plaza, à base de vieilles putes, de maquerelles liftées et de P-DG en déjeuner-interview.

J'ai voué cet appartement à moi-même. Je

me voyais à jamais seule dans cet endroit, même si je savais que je te désirais comme jamais je n'avais désiré personne, sans savoir si ces putains d'hormones qui déconnaient à plein tube seraient d'accord avec tout ça. Je pensais à toi dont je ne connaissais pas le corps, à ton corps qui ne connaissait pas ma maison.

Je ne pouvais pas me réfugier indéfiniment dans cet appartement, blottie dans ses quatre pièces qui ouvraient sur le ciel, même s'il était devenu ma principale amarre. Et c'est là que tu m'as surprise. Tu m'as rappelée. Tu n'as pas cédé. Ton insistance me prouvait que tu n'avais pas parlé pour rien à la station de taxis. Tu forçais le barrage que je m'étais construit. C'était ça que tu voulais ou avais-tu perçu ma résolution de tout lâcher ? Tu me cherchais, disais-tu. Pourtant, tu n'étais pas à Paris. Tu as voulu que je te rejoigne à Londres. J'ai fourni en vain des raisons de refuser. La vérité, c'est que j'avais peur. Peur de nos corps. Et toi ? Étais-tu si sûr de toi ? Pourquoi devais-je être seule dépositaire de la trouille ?

Là-bas, tu n'as pas pu. Tu n'as pas été ce garçon à qui jamais rien ne pose problème. Tu as été faillible, sensible, émotif. Ton sexe t'a un peu trahi. Tu n'as pas bandé jusqu'au bout. Tu étais intimidé, je crois. Cette nuit-là, tu as voulu me parler de ta queue indécise, me dire que depuis longtemps tu n'avais pas senti l'imminence d'une rencontre comme celle-ci, que c'était plus vaste que ce que tu avais connu auparavant, que tu étais au bord. Que tu étais fragilisé par cette hypothèse. Que ta queue aussi. Surtout elle, en fait.

J'ai compris alors combien je te plaisais. J'ai senti, à cet instant, fondre un énorme bloc dans mon cerveau avec un bruit de décharge molle. Ça faisait floc. C'était du baume qui suintait derrière mes yeux, des aplats de velours soudains. À la frontière de mes larmes, j'ai poussé intérieurement un énorme soupir. Je percevais que toi aussi tu avais la trouille, que pour toi aussi, l'idée de sexe et de plaisir n'était pas une évidence. Tu pénétrais dans un recoin de ma tête où il faisait très sombre depuis longtemps. Avec toi, une mécanique soyeuse me soulevait du sol, cinglant le vide, siphonnant mon corps dans le silence. Une élévation lascive, allant du sexe à la tête. Cette nuit à Londres était la première nuit. La première nuit où nous avons découvert nos corps nus. Nous n'avions jamais été nus. J'avais peur. J'avais accepté de te rejoindre, raide et tendue, incapable de désinvolture. Il me semblait que tout le wagon de l'Eurostar me voyait submergée, en pleine ligne droite vers la défaite. À Londres, on s'est voulus. Toi, tu ne savais toujours pas jusqu'où, je crois. Mais on se voulait. Tu sentais confusément que j'étais pour toi. Que les trucs que trimbalait cette fille, les messages que délivrait son visage étaient lisibles pour toi, et peut-être uniquement par toi. Tu pressentais que tu aimerais peut-être cette fille au-delà de ce que tu envisageais. Mais tu n'as pas perçu d'emblée que mon corps de fille bizarre allait ouvrir le champ de ton désir. Tu avais connu des étrangères, tu m'avais dit. Tu avais choisi le malentendu des langues, l'anglais, comme un pont entre vous, en guise de complicité. Mes mots à moi allaient venir à ta rencontre, aussi sûrement que le train en gare de Waterloo. Tu en prendrais plein la gueule, en glissandi définitifs, des mots en piqué, délivrés par moi, dont tu ne pourrais plus te défaire. Tu ne savais pas encore que mon corps était le siège de mes mots, vagabonds et puissants. Nous nous sommes retrouvés dans une suite étouffante du Blake's.

J'étais arrivée plus tôt que prévu. L'hôtesse à la réception a dit, I'm awfully sorry, parce que la chambre réservée avait été attribuée par erreur à quelqu'un d'autre. Du coup, elle a proposé au même tarif une suite d'un prix exorbitant. Je me suis donc retrouvée dans cet espace tendu de velours acier, drapé de l'inox mou des satins gris fer. Tu es arrivé. Je ne savais pas encore combien j'allais repenser souvent à cette faim aveugle de nos corps débutants.

Avant, il a bien fallu tuer lentement l'attente que nous avions l'un de l'autre. Trucider la peur de cette nuit immense qui commençait à peine. Alors nous sommes allés dîner. Tu m'as emmenée dans un restaurant prétentieux où la lumière tamisée était étudiée pour créer illico une atmosphère cul. Un resto où le lit commençait dans l'assiette. La table d'à côté rassemblait huit hommes qui voulaient leur part du festin. Ils nous mataient. Je savais, voyais que ça t'excitait. Ça me rendait liquide. En observant ta maîtrise, je me suis sentie gênée,

mesurant combien je sortais à peine de la bar-
barie, combien j'étais toujours cette petite brute
sertie de peurs, prête à tout péter. Jusqu'à pul-
vériser mes propres repères. Tu l'ignores, mais
tu m'as cueillie au bord du dévissage. J'ai saisi ta
main tendue. Tu m'invitais à me civiliser. J'ai
décelé que tu n'avais toujours pas compris la
vague de fond qui, avant notre rencontre,
s'était levée très loin à l'arrière de mon cœur et
me poussait droit dans le mur.

Plus tard, dans mon hôtel sonore d'Ibiza,
devant la maison et la petite baie aux pêcheurs,
partout j'ai porté le souvenir de cette nuit de
Londres. C'était vraiment là, la première fois.
Là qu'on a découvert la ligne de nos corps,
dans la pénombre de cette chambre grise. Dans
l'odeur inédite de celui que j'embrassais, je prenais conscience que ça faisait longtemps que je
refusais de céder ma peau. Je m'étais prêtée. Je
n'avais rien donné. Les hommes s'échinaient à
me faire plaisir, sans me trouver. Cette nuit-là,
j'avais eu sous la main la texture froissée de tes
cheveux, le plissé de ton cou, le sillage de nos
peaux lorsqu'elles éteignent de force les parfums

de jour. Nos sexes n'ont pas voulu encore. Pas encore l'un pour l'autre. On avait peur.

Je me figurais déjà ton regard le lendemain, un décodage ultra-violent, capable de déplumer en une seconde la magie de la veille, dans la lumière du matin qui vous défait en un clin d'œil. La trouille du lendemain me vrillait déjà le cerveau, tu sais. Alors que l'instant n'avait toujours pas commencé. Nous en avions envie pourtant. Moi, à bout de non-jouissance, à bout de sécheresse, je ne savais presque plus ce que c'était. Qui peut comprendre la solitude infinie d'un corps sans joie, d'un corps qui n'exulte pas ? Pourtant cette nuit-là, je pressentais que tu pourrais m'ouvrir. Peut-être jusqu'au plaisir. Moi qui mets en déroute tous ceux qui veulent s'accoler, se crocheter, moi qui leur refuse l'ambition de s'amarrer, je percevais pour la première fois l'émergence de cet autre avec qui ça devenait possible.

Cette nuit-là, est né le désir d'être sous un regard, sous ton regard. Se placer sous le regard, c'est se placer tout court, enfin quelque part. Je m'étais, dans cette nuit londonienne, lancée dans le rêve planant que m'inspirait ton visage.

Baiser quelqu'un, c'est baiser son visage. Voilà pourquoi les gens sont fous du cinéma. Le cinéma, c'est l'érotisation d'un visage, c'est le regard obstinément fétichiste posé sur un visage, c'est la perspective de le posséder, d'avoir payé pour lui, d'être assis dans une salle obscure pour le mater à loisir. En sortant, il y a toujours cette microdépression. On est quitté par quelqu'un, par l'acteur, par l'actrice, par son visage. Tu me regardais. J'étais devenue grave. La gravité, c'est mon sas. Tu es grave, tu as dit. Oui, ai-je répondu. Je sais. Je sais que les garçons en général n'aiment pas ça. Que la gravité est un truc de femmes. J'ai pris mon temps. Je t'observais, te stoppais, t'avais capturé dans mon regard, je déroulais lentement le roman de ton visage. Je tentais de me figurer celui que je ne connaissais pas encore, le souffle coupé.

Le lendemain, il n'y a pas eu de point de bascule amer, pas de moments pénibles où tout finit parce qu'il faut remettre sa culotte, aurait dit Marie-Claire. Il y a eu l'éclaboussure insensée de soleil qui dès le matin nous a cueillis tous deux sur le trottoir devant l'hôtel. Tu as pris une orange au comptoir de la réception et croqué dedans en recrachant la peau dans la rue comme un gosse. Dans le taxi, nous n'avons cessé de nous regarder, ahuris de ce qui nous arrivait. Sans encore bien mesurer que nous venions de passer une première nuit sans avoir fait l'amour jusqu'au bout. Tu m'avais caressée des heures durant mais il n'était pas question de jouir, pas tout de suite, pas maintenant. Ce serait pour plus tard. Mais quand? me demandais-je. Nous étions pleins de cette première nuit, un mois après notre rencontre à Hong Kong. J'ai repris l'Eurostar sans savoir comment jouissait cet homme que je quittais.

Tu ne t'es jamais demandé pourquoi j'allais à Ibiza. Tu ne m'as jamais demandé avec qui. Tu ne pouvais savoir que je préparais là-bas mon plan pour disparaître. La propriétaire avait enfin accepté que la maison soit visitée, mais elle hésitait à la louer ne sachant pas si elle voulait la vendre. Le fiancé de Marie-Claire m'avait conseillé de revenir passer quelques jours afin de la fléchir, pour qu'elle donne son agrément à la location. J'ai quitté l'appartement dans le ciel où les premiers jours de mai éclaboussaient de lumière les murs blancs chaque fois que j'appuyais sur ce bouton unique qui relevait tous les stores en même temps.

À l'hôtel El Cielito, la porte de l'arrière-cuisine claquait toujours. Je sentais que la maison allait bientôt être à moi. J'étais sûre de mon influence sur la propriétaire. Les jours allongeaient. Je reparlais doucement à Sontaar. Il m'avait fait dire par des amis qu'il était malheureux. Je savais qu'il continuait à voir une autre femme. Sans doute à Londres. Je m'en foutais. Il était possible qu'il soit malheureux. Vrai ? juste ? vain ? Ce n'était plus du tout là que ça se jouait.

J'ai revu Marie-Claire et son fiancé à la Range Rover. Personne n'était jamais vraiment certain de l'état de Marie-Claire. À onze heures du matin ou dans la nuit, il fallait la prendre comme elle était, la plupart du temps pas très claire, toujours un peu pétée. J'ai compris qu'elle s'ennuyait à mourir sur cette île, qu'elle retournait de temps en temps en Belgique et qu'elle s'y ennuyait encore plus. Là-bas, tu m'occupais l'esprit. Mais tu n'étais pas beaucoup dans ma vie. Il fallait bien l'admettre. Tu m'appelais ou m'envoyais des messages. Mais où étais-tu ? C'était moi qui disparaissais sans que tu poses de questions et c'était moi qui malgré tout me demandais où tu étais. Marie-Claire, aussi déjantée soit-elle, m'interrogeait. Je répondais évasivement, il est en voyage.

130

J'avais fini par lui raconter l'épisode de la fête, du verre, de la coke, puis, de fil en aiguille, le fait que nous nous étions rencontrés, pas plus, retrouvés puis évités, bref, toute la déclinaison des attitudes contradictoires où affleurent les blessures et les désirs, la peur d'aimer. Marie-Claire s'était lancée, comme elle se lançait souvent, dans des généralités censées ordonner le monde selon des catégories de « mecs qui », de « mecs que », de « mecs sans » et de « y a des mecs vraiment », etc. J'ai changé de sujet. Comment lui raconter cette nuit étrange à Londres, cette nuit où nos corps n'ont pas pu ? Elle aurait conclu au naufrage. Elle m'a appris que Sontaar avait appelé son fiancé. Il veut savoir où en est la maison mais je crois qu'il veut surtout savoir où tu es, a-t-elle conclu, pleine de bon sens.

Le lendemain de mon arrivée, Marie-Claire a voulu que nous allions tous les trois à une fête. Mais son fiancé, sans doute soulagé de s'esquiver sans la laisser seule, a préféré que nous sortions entre filles. Elle conduirait la voiture, il la lui laissait. Nous formions une paire bizarre, j'en avais bien conscience. Marie-Claire, quinqua loser, recuite, esquintée mais vaillante, toujours à gueuler sa révolte, et moi, qui affichais tout de la belle fille, jeune, saine et secrète, dont les gens se demandaient ce qu'elle faisait là, seule avec cette femme.

Marie-Claire nous a conduites à cette fête, chez des Français qui venaient de faire construire une maison de fous, lui publicitaire et elle ? J'ai oublié. Ils voulaient inaugurer le printemps à Ibiza et par la même occasion leur maison. Lorsqu'elle est venue me chercher au Cielito, elle était un peu ridicule mais contente parce qu'elle menait les opérations. Je craignais une Marie-Claire attifée, toutes voiles dehors et clope au bec. Et c'était le cas. En même temps, ça m'attendrissait, cette pétroleuse dans son engin tout-terrain, excitée à l'avance par une sortie entre filles. Je redoutais sa robe stretch, ses seins, son estomac et ses cannes, prête pour le vin blanc, pour l'ivresse, pour l'oubli.

Et quand la nuit est venue, Marie-Claire et moi y sommes entrées ensemble. Il y avait le vin. Il y avait le rire. Il y avait les autres et il n'y avait personne d'autre. Il y avait le vide laissé par toi, une légère blessure lancinante, qui disait fais comme si je n'étais pas là. Ce soir peut-être, je vais faire comme si tu n'étais pas là, me suis-je dit. J'essaierai, pathétiquement, douloureusement, et ce sera même peut-être drôle. Un groove liquide suintait des baffles et laquait les corps. Un rythme aux oscillations délicates, les basses martelant les tempes, comme une fausse migraine suave qui orchestre les corps et les regards. Il y avait des émotions éclatées, des peaux qui s'exposent. Marie-Claire matait comme un mec et se dandinait comme une femelle. Face à elle, des filles plutôt que des femmes, et des femmes aussi. Et puis des hommes, beaucoup, qui regardaient pour dix et n'agissaient que pour eux seuls. Il y avait des amis et des rivaux, du désir, de la fadeur.

Il y avait du vide, un vide vertigineux, un vide peuplé d'avides. Le vin blanc, le vin rose qui brûle la tête comme du kérosène, la blancheur givrée des vodkas, les shots très directes de la caïpirinha. Et de la cocaïne, outil de fulgurance. Marie-Claire, moi et les autres étions en partance pour une longue nuit. La musique avait changé de volume et balançait à toute volée des riffs et des tac poum qui frappaient en pleine poitrine. On ne s'entendait presque plus. La danse hypnotique préfigurait le sexe. Le son chauffait comme une haleine, lâchait des pulsations cognant du cortex au cul. L'air de la nuit sentait fort. Chacun visait l'instant. Marie-Claire avait tiré sur sa robe et oublié à quoi elle ressemblait. Elle s'était chargée à l'alcool et à la coke. Elle se connaissait bien et se disait qu'elle commencerait à lâcher la rampe dans une heure ou deux environ. D'ici là, elle se maintiendrait en vitesse de croisière.

Je commençais à partir aussi. Marie-Claire pas loin garantissait une présence apaisante dans son stretch, une épave rassurante à la chair molle, fatiguée et excitée des mêmes choses, à bout de souffle mais parlant fort, au bord de la vocifération. Encore sympathique, elle faisait rire, et c'était malin de sa part de renoncer à allumer. Au début, on la prenait pour une femme saoule, puis elle avait très vite les avantages d'une copine, d'une confidente. À elle seule, elle représentait un sas sans enjeux au sein d'une atmosphère sous overdose de drague. Elle rencardait ceux qui cherchaient une clope, les toilettes, de l'alcool ou autre chose. Ses fulgurances étonnaient, amusaient. Elle sentait autour d'elle se tramer les baises, les solitudes, les demandes, l'esquive, la déception. Je me demandais à quelle heure elle deviendrait insupportable, à quel point exact elle atteindrait l'infréquentable. Cette soirée commencée ensemble, je n'étais plus du tout certaine de la terminer à deux. Cette fille-là tu vois, cette fille, elle ne sait pas ce qu'elle cherche, m'a dit Marie-Claire. La fille était brune, longue, mince. Elle avait un corps de chat souple, une frange en rideau au-dessus de ses yeux sombres, une robe courte et des jambes de gamine. Elle t'aurait sans doute plu.

Elle me souriait. Commençait à tanguer, suivant le roulis de la fête. Ça ressemblait de plus en plus à une danse. Elle avait enclenché une ondulation subtile de son bassin sans hanches, léger comme un quartier de pomme, calée sur la rythmique désinvolte d'un acid jazz onctueux. Au bout du bras, sa cigarette frôlait dangereusement ceux qui l'approchaient. En prenant à ses lèvres la clope de la fille-chat, je me suis dit que c'était encore la meilleure façon de ne pas se brûler. Elle m'a repris la cigarette des mains avec délicatesse, me l'a tenue entre les lèvres, ses doigts collés à ma bouche. Ils sentaient bon. C'était inattendu, comme une femme qui fait boire son verre de lait à un enfant. J'ai senti la main de la fille dans mes cheveux, sur ma nuque, pendant que j'aspirais une longue bouffée, un effleurement vaporeux condamnant toute résistance, une douceur vertigineuse, presque un geste de mère, absolument incompréhensible de la part de cette fille.

Et puis à la place de sa cigarette, elle a posé doucement sa bouche sur la mienne. Une résistance molle et douce à laquelle il n'était pas difficile de répondre. Ses bras déliés ont fait le tour de mon corps. Les miens ont accroché le sien. Elle était là et absente, une présence en apesanteur, aux contours étroits, comme une route de falaise le long de ses hanches et de son dos mince. Elle regardait les hommes nous regarder. Je cherchais s'il y en avait un qu'elle voulait exciter. Je la regardais faire sans avoir de réponse.

Une femme sans qualités

Dans cette maison blanche aux volumes cubiques très Mallet-Stevens creusée dans une pente, une percée ménageait une cathédrale de lumière au centre de la pièce où se passait la fête. On ne percevait rien du dehors de ce fantastique vide sous le plafond. Pour le reste, le mobilier était ce qui se faisait de mieux dans le genre des années soixante et soixante-dix. Les fauteuils Digamma noirs, les courbes d'Arne Jacobsen, les consoles BBPR, tout y était. Avant même que les photos de cette maison soient publiées dans les magazines, elle était déjà éditée pour un shooting. Aux murs, des photos très grand format. En bonne place, on reconnaissait un nu monumental de Newton. Une femme aux seins parfaits mais un peu forte en cuisses, intégralement nue, juchée sur talons hauts, de deux mètres cinquante sur trois. Sur le mur d'en face, je reconnaissais le fameux diptyque *Sie kommen, naked & dressed*, cliché qui était sorti dans la presse quelques mois avant, lorsque Newton s'était fracassé contre un mur, et où le même groupe de mannequins est photographié nu et habillé. La fête était placée sous le regard de ces femmes comme de

celles shootées par Paolo Roversi ou Peter
Lindbergh qui complétaient la collection. De
loin, je voyais une grande photo en trois parties
d'un visage qui ressemblait à celui de la fille-
chat mais je n'en étais pas sûre. On m'a dit,
c'est Schnabel qui l'a photographiée. Marie-
Claire, jamais très loin, m'a glissé, ben au cas
où tu n'aimerais pas Newton, t'es servie, avec
un regard troublé par tout ce qu'elle avait déjà
pris. Il était soudain normal que ces photos
soient là, dans cette fête, scrutées par une nuée
de mateurs et de filles qui agitaient leurs corps
trempés. Cela me paraissait une suite logique,
un cliché effroyable mais attendu, au début de
ce printemps qui suivait la mort d'Helmut
Newton. C'était tellement raccord qu'on pouvait à tout moment voir se recomposer, sur-le-
champ, une séance photo, là, dans ce salon,
comme celle des mannequins du quai d'Orsay
de 1977. Ça ressemblait à une invite muette et
implicite à produire des clichés, chacun deve-
nant l'objet de la caméra mentale de l'autre,
tandis que les mannequins prisonniers de leur
sous-verre exprimaient une solitude infinie,
jetaient sur la fête l'éclat mort de l'isolement

où ils étaient plongés. La musique ricochait sur leurs gueules, leurs seins, sur tout ce que ces filles offraient au regard, sans que rien ne frémisse, sans qu'aucune n'émeuve. C'était peut-être ce que cherchait celui qui les avait achetées.

Au fond, il n'était pas nécessaire de parler à qui que ce soit. Il suffisait de mater. La seule qui échappait à la règle, c'était Marie-Claire. J'étais ravie qu'elle soit là, pas loin, noyée dans la musique à plein tube. Elle était pétée, transpercée par le son et l'alcool, mais elle continuait à être drôle et alimentait en blagues un cercle constant d'alcoolos. Quand elle m'a jeté un « Alors ? » chargé de vodka, titubant dans son stretch, je l'ai emmenée vers la Range Rover. Il fallait partir. Je lui ai demandé la clé, qu'elle m'a tendue sans rechigner. À peine dans la voiture, elle s'est endormie. La nuit était belle sans elle, sans la fille-chat, sans aucun regard sur moi. Je pensais un peu à toi. Je fouillais dans mon sac pour y trouver mon portable et j'ai vu que tu m'avais envoyé un message. Tu avais simplement écrit « Essayons. »

Il fallait que je revoie la maison. J'ai roulé lentement, en me trompant à peine. Marie-

Claire, totalement assommée, dormait toujours lorsque je suis arrivée sur le chemin de terre devant la grille. J'ai baissé les vitres, coupé le moteur. Il n'y avait plus que moi et la nuit. J'ai laissé le calme rentrer dans la voiture. J'ai ouvert toutes les fenêtres. L'humidité et l'odeur de la mer ont pris d'assaut l'habitacle. Je n'avais rien à faire ici à quatre heures du matin, c'était juste bon d'être là, au chevet de cette maison laide et solitaire. Cette maison hors du marché, qui échappait aux investissements, cette maison sans photos aux murs, sans rien à montrer, ni dedans, ni dehors.

Marie-Claire s'est réveillée et a demandé comme un enfant si on était arrivées. Elle m'a fait sourire, cette femme paumée, pétée, encore un peu belle, entre deux vies. Je lui ai dit qu'on était chez moi. Ben oui, mais on n'a pas la clé, c'est idiot, a-t-elle dit. Oui, c'était idiot de s'attacher à cet endroit. Mais j'avais rendez-vous ici, une rencontre guidée par une attrac-tion étrange. Nous avons allumé une cigarette et sommes restées là, deux cow-boys échoués sur leur monture. Je nous ai trouvées caricatu-rales et perdues mais j'aimais bien la présence

140

de cette femme à qui peu de choses échappaient finalement.

C'était moi sur la photo de Newton, a-t-elle dit au bout d'un moment, parce que la fête qu'on avait quittée lui revenait par bribes. La grande photo de la femme nue, toi? je lui ai demandé. Elle a dit, oui, j'ai été mannequin pour lui quand j'avais vingt, vingt-deux ans. Tu étais restée en contact avec lui?

Avec ce fumier? Non, franchement. Mais c'est comme ça que j'ai rencontré mon premier mari. Il voulait voir le cul qui allait avec les jambes. Pourtant, avec Newton, il n'y a jamais eu grand-chose à cacher. Tu ne montrais pas le reste? Non, parce que j'avais commencé par faire des photos de jambes pour des collants. Et puis Newton m'a demandé de poser pour lui. J'ai dit oui parce que j'avais une grande gueule, mais je n'en menais pas large. Il était infect pendant les séances, il avait une sale réputation. C'est pour ça que ses photos sont si appréciées des mecs, parce que lui aussi, il était un mec qui se rinçait l'œil en te photographiant. Ce sont des photos sexe, tu comprends, elle m'a dit, avachie sur son siège, pas des photos de sexe. Elles portent toutes en elles une charge sexuelle, la sienne, pas celle du modèle photographié. Tu avais beau être nue, en porte-jarretelles, en costume de mec ou en soubrette, la pulsion sexuelle ne venait jamais de toi mais toujours de lui finalement. En fait, quand tu regardes ses photos, tu ne vois pas seulement une fille à poil, tu le vois lui aussi en train de bander.

Tu as couché avec lui ? je lui ai demandé. Non, c'est ce qui l'a rendu furieux contre moi et en même temps ce n'est pas ce qu'il cherchait. Il cherchait qu'on le veuille lui, il voulait qu'on soit dans son regard, dans ses scénarios de malade, mais pas qu'on couche avec lui. Enfin, disons que c'était accessoire.

Alors je lui ai demandé, quand on dit à un homme qu'on a été mannequin pour Newton, ça le rend dingue, non ? Elle a refumé, et elle m'a dit, si tu savais ce que j'ai vu passer comme tarés à cause de ça. Après, aucun n'est plus capable de te voir sans t'imaginer en bourgeoise pute dans un salon haussmannien ou en crypto lesbienne habillée en mec. Tu vois le genre ? C'est fou ce que les mecs peuvent adorer tomber dans tous les panneaux. Mais à l'époque, le corps était un terrain de jeu et tout le monde procédait par cliché, c'était presque de la pantomime, disons plutôt un jeu de rôle. Maintenant, tout le monde a peur de la maladie. Tu vois, la fête de ce soir, à l'époque, elle aurait été vraiment festive.

Chaque époque dit ça, non ? C'est ce que je lui ai dit.

Peut-être que chaque époque refonde ses critères d'orgie, les ouvre ou les ferme, selon les trouilles en cours dans la société.

Je lui ai dit que tu m'avais laissé un message. En se redressant, elle a dit, mais où il est ?

Je lui ai parlé de Londres où je pensais que tu étais retourné ou resté. Ou peut-être que tu étais parti, je ne savais pas. Alors elle s'est énervée, elle est partie en croisade avec ses « mecs que », ses « mecs qui »…

Elle a dit quelque chose comme : c'est ça, monsieur voyage, tire des bords, passe de ville en ville.

Soudain, j'ai trouvé qu'elle avait vieilli. Elle s'est calmée. Elle a tiré fort sur sa cigarette. Moi aussi. Puis elle a demandé ce que tu faisais à

Londres ou ailleurs. Je n'ai pas su trop quoi répondre. De toute façon, elle paraissait butée. Elle jouait juste l'aimable en posant des questions. Elle m'a touchée. Elle me parlait comme si elle était très vieille, très ancienne, tu vois, dépositaire d'un savoir, pleine de temps et de recul. Elle m'a dit, tu es bien une fille de ton époque. Tu t'attaches à un Narcisse dilettante, un être fluctuant comme toi, aux opinions facultatives, dilué dans des atermoiements interminables. C'est l'époque qui veut ça ou quoi ? Trop de peur, trop de choix, trop de sentiments ?

Alors c'est moi qui me suis un peu énervée et je lui ai tout lâché. Et toi aussi, il faut que tu lises ce que je lui ai dit. Écoute.

Je ne suis pas de ce monde-là. Ce qu'il faut savoir sur moi, c'est que je n'ai pas d'enfants. Je n'en aurai pas. Je ne peux pas. « Je suis stérile. » Je suis capable de prononcer cette phrase. Je l'ai fait parfois. Après l'avoir dite devant des médecins – c'était ma réponse au « pas d'antécédents médicaux particuliers ? » –, je l'ai dite devant d'autres femmes. Devant des hommes aussi. Moi et ma phrase, souvent on

144

est restées en suspens dans l'écho de leur stupeur. Je savoure cette stupeur, je m'introduis
dans son sillage, tu vois. C'est toujours d'un
effet garanti. Ceux pour qui ma tranquillité est
insupportable ont tout de suite tenté de pro-
pulser des mots dans la brèche : « Aujourd'hui,
avec les techniques de... » Non. Pas aujour-
d'hui ni demain. Non, jamais, et si tu savais
combien j'apprécie ce jamais. Dans la panique,
ils s'engouffrent dans des tentatives. Parfois les
gens disent « ce raisonnement est stérile » ou
« c'est une pensée stérile » ou encore « cette
terre ne donne rien, c'est une terre stérile ».
Moi, je leur dis que stérile, ça veut juste dire
vide. Ceux qui entendent ce mot prononcé par
moi ne le pensent pas comme moi. Mais moi,
je vois mon ventre de femme comme un lieu
qui ne donnera pas d'enfants. Un lieu minuscule avec un utérus qui n'a pas grandi au-delà
de la taille de celui d'une fillette de douze ans
et qui ne comporte pas d'ovaires.

J'ai dit à Marie-Claire, il me reste encore des
milliers de jours à vivre, des kilos d'hormones à
étaler sur la peau de mes avant-bras chaque
matin, à l'aide d'un petit sachet qui délivre

toujours la même dose et qui, en franchissant la barrière cutanée, en envoie dans mon corps une certaine quantité. Souvent, c'est bancal. Je sais que c'est bancal. Le bon dosage n'existe pas. Les autres, celles qui produisent leurs hormones en circuit fermé, ont à demeure, dans leur réseau de sang, de plasma, de cellules et de sueur, un dosage programmé par elles et pour elles. Personne n'a discuté de ce dosage. Il vient de leur mère, de leur grand-mère et ainsi de suite. Il est dans leur système, inextricablement singulier à leur personne. Moi, tout ce système relève d'une somme de sensations brouillonnes que ni hommes ni femmes parmi les médecins n'ont réussi à équilibrer. Lorsque je dis que je suis stérile, les femmes qui ont grandi dans l'espoir de faire comme maman et d'enfanter à leur tour pensent toujours que je me vis comme sous le coup d'une malédiction mystérieuse, que je cache un espoir déçu. Et que je me suis un peu murée, triste et résignée. Il n'en est rien. Je m'en réjouis. Et même parfois je ricane. Les gens me disent, tu peux adopter. Certains rajoutent, c'est magnifique. Mais devant mon sourire étanche, leurs gorges se sèchent. Ils captent trop tard que je dis non. Et on n'aime pas beaucoup les filles qui disent non. On n'aime pas beaucoup que cette fille, plutôt pas mal, jamais mariée, dise non. Ordonner une bonne fois pour toutes sa vie, son corps et son visage autour d'un enfant, ça lui aurait fait du bien, se disent-ils. Certains disent même, ça lui aurait fait les pieds. Alors, les hommes et leurs femmes craignent que je ne sois pas une femme mais un sexe, juste un sexe, qui palpite, là, entre mes jambes. Un sexe qui n'aurait rien à faire qu'à jouir de sa stérilité. Dégoûtant. Exemptée d'être une femme, une bonne femme, comme disent les hommes qui conduisent dans les embouteillages. Une de ces bonnes femmes qui, dans le flot des voitures d'hommes, dans le matin urgent, sous la pluie qui cendre la ville, dans la hargne urbaine, ne sont que des gêneuses. Alors les hommes et les femmes sont agacés par ce que je représente. Je les inquiète, qu'ils vivent avec ça. Je ne suis pas résignée. J'en ai décidé autrement, c'est tout. Je suis comme née avec ce deuil. Et ce deuil inné qui tracasse les autres ne me tracasse pas. Je suis infiniment seule dans ma condition. Personne ne peut m'y rejoindre. Je n'ai rien à voir avec la compassion d'autrui.

Même morte aux désirs, je continue de proposer mes leurres. Sans m'en rendre compte, j'ai posé ainsi les bornes de mon enfer, puisque résister seule à ce que tout le monde veut pour moi, c'est résister au monde entier. Ce monde entier dit en me voyant, elle est sexy. Je ne sais pas bien ce que ça signifie. Mais les hommes et les femmes autour de moi me réduisent à des seins, du cul, du sexe, du plaisir. On raconte qu'on se casse le nez sur moi, que ma douceur est en béton. Voilà ce que j'ai dit à Marie-Claire.

Et puis j'ai ajouté : je suis un animal, mal domestiqué. Une bête en maraude, insensible parce que trop sensible, déchirée donc traqueuse, impitoyable et bête, aveugle et aveuglée, sauvage. Prédatrice, parce qu'il y a toujours des êtres humains prêts à se faire lacérer. Je ne voulais rien voir et du coup je me suis heurtée aux murs. Je ne jouis pas. Je mords. Je ne jouis de rien. Sans savoir ce que je retiens, on m'en veut de le retenir. Un jour quelqu'un a dit, on se plaint que tu sois fermée alors qu'on devrait te plaindre d'être enfermée. Je ne jouis pas. Je n'ai pas de principe de plaisir, mon sexe s'y refuse. Les hommes veulent gagner sur ce terrain. Ils perdent. Et comme je n'ai jamais joui, je ne sais pas de quoi ils parlent. Étrangère à cette langue, je ne m'attache pas. Je ne reconnais pas de valeur à cette race d'hommes et de femmes qui crient de plaisir. D'ailleurs, ce plaisir, je n'y comprends rien. Je n'y prends rien. Voilà tout ce que j'ai lâché d'un coup à Marie-Claire.

Marie-Claire est restée silencieuse. Elle m'a tendu une cigarette déjà allumée.

Puis elle a dit, et Marc dans tout ça? J'ai répondu que je ne savais pas. J'aurais dû lui répondre que tu ne savais pas Pas encore.

Je voudrais te reparler de la maison. Te dire comment je l'ai aimée. Comment elle m'a abandonnée aussi. Au début, j'ai failli m'énerver, la propriétaire avait déjà changé d'avis trois fois en deux jours. Et elle en était maintenant au non. Elle ne voulait plus louer, ni ouvrir la maison. Elle était effectivement dingue. Le fiancé de Marie-Claire a insisté, essayons de la rencontrer encore pour la faire changer d'avis. En fait, c'était moi qui avais insisté. Pour une fois. J'insistais pour quelque chose. Je désirais. Je voulais. J'avais un objectif. Même si elle ne voulait pas la louer, elle devait au moins me laisser aller la voir. Elle me manquait, isolée, au bord de l'eau. Il me semblait qu'elle m'appelait.

Lorsque j'ai eu la propriétaire en face de moi, j'ai failli tout arrêter ou la tuer. Tout de suite, là, comme un coup de sang. Et puis, avant que la colère ne monte, elle a cédé : « J'ai réfléchi, allez la visiter, vous y verrez plus clair. » J'avais pris les clés, sans même discuter les modalités de location. « Six mois pour commencer. » Elle l'a dit comme à regret. C'était déjà ça.

J'étais si heureuse que j'ai appelé Sontaar. Non, tu vois, ce n'est pas toi que j'ai appelé. Ça m'a surprise. Je n'avais toujours pas envie de t'en parler. Il n'a pas répondu, mais j'ai laissé un message lui disant qu'on avait la maison sans lui dire que c'était pour une période d'essai.

Dès le lendemain, j'y suis allée. C'était très net, ce jour-là, la lumière prenait deux mois d'avance sur le plein été. Une douceur suspecte était arrivée en rafales molles, dans la nuit, depuis l'Afrique. Il y a parfois des aubes d'août comme ça. Ensuite, le matin est devenu sirupeux, douceâtre, très tendre et puis nettement chaud. Je me suis rappelé cette expression de Cesare Pavese, ce qu'il décrivait comme un « printemps doux et flexible ». On y était. Juste dans ses préparatifs. À l'ombre, j'ai frissonné encore mais légèrement. J'avais besoin d'un pull. Sinon, c'était un appel général à la lumière. L'anse était encore fraîche, protégée par les deux bras des petites collines. Les cabanes des pêcheurs restaient figées dans l'ombre. Les galets demeuraient sombres. L'air sentait les algues vertes et noires. Je me suis couchée sur la citerne et j'ai senti le froid du puits me rentrer dans le corps. J'avais peu dormi, Marie-Claire la veille avait encore voulu boire. Et j'avais bu. Mal à la tête. Mais ça n'avait pas d'importance. Cette douceur était venue me sortir de l'hôtel. Marie-Claire devait dormir lourdement à cette heure-là. C'est dans le silence clair que j'ai eu envie revoir la maison. C'était un vendredi lumineux. La saison tentait déjà de tenir ses promesses. Je voulais que l'air ensoleillé la pénètre, la réchauffe. Cette maison moche, sans charme et sans prix, sans cote précise que même Sontaar n'avait pas pu acheter. Tout n'était pas la faute de la propriétaire folle. La maison elle-même se refusait à toute traduction en millions de dollars ou d'euros. En dehors du marché, à côté de la plaque, au-dessus de toute transaction, rétive et froide, elle était là, fermée à l'échange. J'ai ouvert ses portes et ses fenêtres, tout ce qui pouvait l'être, pour la voir respirer. Je sentais l'ombre la quitter comme à regret, délogée par les nappes d'air tiède qui filtraient en faisceaux entre les pins, plus haut sur la colline, et qui commençaient à descendre jusqu'à nous, moi et la maison. J'ai déplié à l'extérieur un lit de camp d'esprit militaire, presque une civière sur des pieds en X, posé à côté une petite table basse en bois. J'ai décidé de me rendormir là, baignée dans un calme qu'il me semblait avoir oublié, étendue sur mon installation, calée contre le mur de la citerne, dans un angle chaud qui sentait encore la terre humide et les mauvaises herbes. J'étais un peu gênée par les premières mouches mais je me suis endormie un bras contre la pierre, dans un des paysages les plus sereins que j'aie connus depuis longtemps, lestée tel un corps mort, enveloppée dans une couverture trouvée dans une armoire qui a mis longtemps à donner de la chaleur. Elle puait le renfermé et le moisi mais je me suis glissée dessous avec un vrai plaisir d'enfant. Je n'ai pas vu arriver le sommeil. Où était mon portable ? Où était mon sac ? Dans la voiture ? Peut-être. Plus rien n'avait d'importance face à la torpeur. Je ne savais plus rien, ne voulais plus rien savoir.

Au bout de quelques heures, je l'ai sentie très nettement. La chaleur. Pour la première fois, installée comme un animal vivant sur mon épaule et mon bras. Elle était là, neuve et puissante, là pour de bon. Colorant tout en orange sous mes paupières. J'avais le soleil sur le visage et je ne l'avais pas senti venir. Je m'étais dégagée de la couverture, chaude sous mon pull. Il fallait sortir de là. La citerne ne me protégeait plus.

Hébétée, j'ai fait quelques pas sous la lumière, incrédule, devant la maison et l'anse qui n'avaient plus la même allure. Tout dégouttait de soleil, ruisselait de jaune pâle pas encore chargé d'or. L'éclat intense de cette journée prenait de vitesse le déploiement des feuilles, l'éclatement des couleurs où ni les verts, ni les bleus n'étaient encore à leur juste place, pas encore fixés pour les trois mois d'été. La maison paraissait toujours aussi sèche, sans souplesse, pliant malgré tout déjà devant les rayons qui rentraient de force par ses ouvertures, comme une fille pas très belle qui sort de l'hiver et montre pour la première fois ses jambes blêmes.

Je suis allée à l'intérieur pour voir si elle respirait bien, si cette première salve d'air chaud la convainquait de se rendre. Et j'ai été saisie par la fraîcheur des murs dès que j'y suis rentrée. Son relent de ciment, sa froideur caverneuse m'ont fait reculer dans le soleil en clignant des yeux. Il devait être deux ou trois heures de l'après-midi. Soudain, j'ai entendu un vrombissement dément sans savoir ce qui se passait. Un grondement nucléaire qui ricochait sur les deux collines et s'amplifiait dans la petite baie. J'ai regardé vers la plage de galets, vers la mer, mais rien ne se passait de ce côté. En quelques secondes, le rugissement avait décuplé et là, j'ai vu, au-dessus de ma tête, suivant la pente lourde de son décollage, ses moteurs au maximum de leur régime, le premier avion de la saison quitter l'île en direction de la route aérienne de l'Allemagne. Bouche bée, je l'ai suivi jusqu'à ce qu'il disparaisse. J'étais anéantie par sa proximité, son cri de métal, sa démonstration de puissance, plus fort que la lumière, ruinant d'un coup, en plein ciel, toutes les promesses de sérénité. Les parfums qui montaient de la terre, la lutte entre ombre et lumière, la citerne qui résonnait, la maison-gouffre, tout, d'un seul coup, s'était tu sans m'avertir. Tout pourtant avait gardé la même place et cet immobilisme revêtait une ironie douloureuse. J'avais le sentiment que le paysage et la bâtisse disaient, voilà avec quoi nous vivons, voilà ce qu'est l'été ici. Voilà ce que tu ne savais pas. Je comprenais avec amertume pourquoi la maison n'était pas vendue. Elle me semblait aussi victime que moi, et plus du tout la créature farouche que j'avais imaginée. Je me suis retournée vers elle comme pour lui dire, tu n'aurais pas pu me prévenir ? Je les trouvais traîtresses, elle et cette île maudite.

Je suis retournée m'asseoir sur mon lit de camp et j'ai tenté de me calmer.

Combien de temps suis-je restée là à guetter le moindre tressaillement? Une heure, peut-être. Je m'adressais à la terre en silence. Je m'adressais à mes rêves, je parlais à Sontaar. Je n'ai pas pensé à toi. J'ai pensé que la terre que je m'étais choisie pour disparaître me lâchait, que mes plans s'écroulaient d'un coup. Je me disais que ce ne serait pas là, ni ailleurs. Que ce serait nulle part. Le bruit est revenu. Le même grincement, amas compact de férocité et de kérosène précédant la machine, la même prédiction lugubre. Ensuite, l'engin qui fend le calme dans un enrouement lourd, un coassement macabre en guise de signature, par-dessus la mer, par-dessus ma presque maison, en route pour Stuttgart ou Berlin. Un autre avion. Voilà, la route de l'Allemagne était ouverte, et les charters commençaient leur noria. Il fallait partir, quitter l'île, quitter ces parages secrets, se résigner, fermer cette bâtisse complice d'un tel malentendu. Alors j'ai couru pour la refermer. J'ai claqué portes et fenêtres. C'était ma façon de la gifler. De lui rendre les coups

156

qu'elle me portait. J'ai laissé la civière, la couverture et la petite table en plan. Il fallait fuir. J'avais des larmes de désarroi juste derrière mes paupières mais je leur refusais la sortie. Je déglutissais à chaque fois que l'envie de pleurer se muait en envie de vomir. Il fallait rentrer à l'hôtel, rompre avec ce mirage fou, avec cette île qui se donnait à tous. Et repartir avec l'un de ces avions qui la foutaient en l'air.

Juste avant ma fuite d'Ibiza où dormait encore Marie-Claire, j'ai appelé Sontaar en pleurs comme une petite fille flouée. J'étais ridicule et trahie. J'avais laissé les clefs de la maison à l'hôtel, payé la note, empaqueté mes affaires et tout quitté, déçue et dégoûtée. J'ai quand même essayé de la voir depuis l'avion mais je n'avais pas une place près du hublot, alors j'ai imaginé en silence lui faire payer une fois de plus le prix de ma défaite, volant au-dessus d'elle, la ravageant de bruit. Il était donc écrit que je n'aurais pas d'amarres, pas d'attaches. Vous avez des enfants ? avait demandé le fiancé de Marie-Claire. Pour quoi faire ? Même une maison refusait de m'appartenir. Je retournais ces pensées dans ma tête, en vol vers Paris, la tête lourde, acidifiée par le vin blanc que j'avais bu la veille. Sontaar avait laissé un message qui désormais paraissait totalement incongru. Il n'avait visiblement pas eu mon second appel et demandait si la maison était belle. Il était à Paris pour quelques jours et serait ravi de me voir si je rentrais avant qu'il ne reparte. Mais je ne lui apportais que la fin d'une illusion.

Je l'ai appelé dès mon retour et nous sommes convenus d'un rendez-vous le lendemain. Pour un verre, il avait dit, avant d'ajouter, tu as un dîner ?

Le chat était toujours là-bas, petit vigile de mon absence. Mince, gracieux, aux oreilles de fennec, agile et sinueux, sur le qui-vive, venant contre mes jambes frotter ses côtes délicates, sa moustache piquante. Quand je suis rentrée dans la maison, il s'est arrêté un instant, me reniflant très soigneusement, fixé sur un point précis. Je l'observais, tâchant de lire dans ses yeux plissés quelle réminiscence cela déclenchait dans son cerveau. Le contact si fragile de sa moustache, pareil à celui d'un insecte incertain, était délicieux. Il a levé vers moi ses yeux fendus, éclatants de nuances noisette tirant sur le doré, bordés d'un fin duvet noir. Puis un bruit à l'étage l'a attiré vers l'escalier que je l'ai entendu monter tel un petit être humain, ses coussinets frappant d'un bruit sourd le tapis noir.

J'étais dans ce salon que tu ne connais pas, j'attendais que Sontaar descende.

Des restes froids de cigare formaient des petits tas cendreux dans un grand plat de cuivre. Le cigare avait regagné du terrain, son odeur tenace avait pris ma place, même si je savais qu'une autre femme venait probablement dans cette maison. Il y avait maintenant des cigarettes que je ne connaissais pas. Une marque étrangère jamais vue. Un paquet entamé abandonné là disait, je vais revenir. Le chat aimait-il l'odeur de ses cigarettes à elle ? Sontaar aimait-il leur goût ? Je me rappelle la première fois où j'ai embrassé un homme qui fumait. Un homme très coquet, un peu ridicule, qui faisait tout pour masquer l'odeur du tabac. Je me souviens du dégoût de ce baiser où la nicotine masquait la saveur délicate des muqueuses. Ses dents, qu'il avait très blanches et grandes, avaient fait écran à ma langue, mes dents avaient choqué les siennes. Tout aurait dû m'alerter, cet homme était nocif. Mais j'ai persisté à vouloir rencontrer sa langue, à échanger ma salive avec la sienne, avant de m'apercevoir, des mois plus tard, que ce baiser préfigurait le goût putride et toxique de la fin de notre histoire.

J'ai toujours pensé que tout est dit d'emblée. D'infimes signes renseignent immédiatement sur le plus tard. On peut les écouter comme les ignorer. Il est toujours possible de mettre fin au commencement, de s'arracher d'un coup de talon à ce qui advient, à ce qui naît. Mettre à mort ce qui devient, je l'ai fait parfois par paresse de continuer ou par cruauté, par volonté furieuse de ne pas m'engager, lorsque la lisière est préférable à toute autre forme d'émotion. Il me semble que cette lettre te parviendra à ce moment précis. À l'instant où tout est encore réversible. Elle sera peut-être décisive. Elle te fera fuir ou te fera rester. Tu pourras choisir ensuite d'avoir à faire à moi ou de m'ignorer. Alors lis cette lettre jusqu'à la fin.

Fallait-il aller vérifier là-haut ce qui restait de ma chambre ? Sontaar m'avait dit l'avoir laissée intacte, il avait insisté sur ce point. Je n'avais pas su alors répondre à sa phrase qu'il avait lancée comme un cadeau, hésitant entre larmes et dégoût. Je me sentais comme un enfant défunt. Cet homme-gardien se voulait le portier solitaire de la chambre de l'enfant perdu. Faut-il la laisser ouverte et que le chat y circule ? Faut-il fermer les yeux sur ma désertion, ranger les jouets de l'enfant en fuite, confiner cette perte entre quatre murs éteints ? Je ne savais pas que ma chambre avait ce prix-là, c'est ce qui m'a surprise. Dans cette maison de style Sontaar, il y avait cette crypte blanche et inviolable qu'il préservait, la chambre froide de notre destin.

Sontaar est descendu, charmant, légèrement fatigué. Il m'a appelée chérie. Moi je ne l'appelle pas. Je lui demande s'il va bien même lorsque je le sens à vif. Il est encore blessé. Voilà pourquoi cet homme garde ma chambre.

Il a la gorge prise. Il ne dit rien mais je le sens. Quelque chose ne passe pas. Je vois qu'il souffre, même s'il masque avec talent. Il desserre sa cravate dans un geste caricatural et la garde ainsi ballante sur le devant de sa chemise.

Il grimace lorsqu'il défait le premier bouton de son col, là encore c'est comme s'il mimait l'homme qui déboutonne sa cnemise. Il n'est pas ridicule pourtant. Il n'est pas ridicule parce qu'il est mal et que tout son être me touche. J'entends combien grincent à l'intérieur de lui des poulies secrètes, des tendeurs violents qui lâchent en rafale. Ça chahute. Des tôles se tordent en un amas de fer carbonisé. J'entends le fracas qu'il ignore, qu'il déplace partout autour de lui, qui résonne dans son corps. Le chat le suit, se met dans ses jambes. J'ai pris une des cigarettes de l'autre femme. Il n'a rien remarqué ou feint d'ignorer. Derrière son « chérie », il y a de la place, un espace vacant, mon poste, que je refuse de reprendre. Je le transforme en volutes de fumée. J'ai un peu mal au cœur à cause de ces cigarettes étrangères mais j'en reprends une. Il me semble qu'il sait déjà tout, que je n'ai rien à lui apprendre. Il dit quand même, alors la maison? Je dis, quoi la maison? comme si j'étais prise en faute. Ma voix monte d'une octave. Il n'y a plus de maison. Comment plus de maison? Elle ne veut plus la vendre? Non, il y a des avions qui la tuent. Comment ? Des avions qui la quoi ? Des avions qui passent au-dessus et ce n'est pas encore la haute saison, c'est horrible. Ils passent par-dessus la crique, dans un bruit de fin du monde, ce n'est pas possible. Plusieurs fois par jour. Soudain, un avion est dans ce salon. C'est comme si la déchirure des moteurs remplissait les lieux. Je le regarde bouger les lèvres sans l'entendre. Je répète, des avions tous les jours. Mais il ne semble plus comprendre. Nous sommes noyés en nous-mêmes, dans l'inévitable fracas de la rupture. Il n'y a plus de maison pour nous, où nous pourrions nous croiser par hasard, plus de lieu pour notre repêchage. Je perçois que cette rupture est pire que le jour où j'ai dit que je partais. Dire qu'il est désormais impossible de rassembler les morceaux épars est pire que de dire je m'en vais. À l'instant présent, rien n'est plus jouable. Rien n'est à refaire. Il faut fuir cette île de catalogue, de charters allemands et de rêves à louer.

Il m'écoute mais il m'a perdue de vue. Je le sens vaciller légèrement. Il s'affaisse lentement dans un fauteuil. Devant lui, son cigare se consume en silence. J'ai touché cette cendre avec mes doigts. Elle m'a paru incroyablement tendre. Et cette odeur, au bout de mes doigts, c'était lui.

Je suis sortie de chez Sontaar avant le dîner. Je l'ai laissé seul, dans son salon, avec le chat qui m'a regardée partir. Je n'avais rien à faire ce soir-là, Sontaar non plus, mais je ne voulais pas rester avec lui. Pas comme ça, pas là-dessus.

Dans la rue, le vent m'a décoiffée par surprise. Une tempête se préparait, les nuages étaient chargés, mais j'ai préféré ne pas prendre de taxi. Une tension dans l'air brouillait la lumière de mai. Le sentiment de rupture, qui depuis mon départ de la maison sur l'île m'envahissait, m'a quittée. J'étais seule et libre. Il n'y avait plus d'île, plus de Sontaar. Je venais de rompre et ça dégageait de l'espace, beaucoup d'espace. Et je sentais que dans cet espace, l'envie d'en finir ne s'était pas encore installée. Je portais en moi la nuit de Londres avec toi.

Cette nuit ancienne, encore vivace, terriblement proche et déjà lointaine. Une nuit qui ouvrait des possibilités, en moi et sans doute en toi. Les dernières nouvelles que j'avais eues de toi me disaient que tu étais à Paris. Je le savais, je le sentais.

Avant de passer le pont entre le quai d'Orsay et la rue François-Iᵉʳ, j'ai levé les yeux vers les immeubles du quai. Lequel avait abrité la photo de Newton où trois femmes nues sont allongées sur un tapis blanc, prêtes, en attente ? Prêtes à tout, à rien, inertes et superbes, captives, sans homme. Est-ce que Marie-Claire était parmi elles ? Est-ce qu'elle avait couché avec Newton après cette séance ? J'imaginais son corps à elle, aujourd'hui, nourri aux clopes et au vin blanc, moulé d'un peu trop près dans le stretch. C'était ce qui restait des filles de Newton, des filles de papier glacé qui excitaient les hommes, une femme vulnérable que j'avais laissée sur une île, sans la connaître vraiment.

J'avais envie de marcher. Une lumière de mars tombait sur le pont. Le ciel n'arrêtait pas de changer, s'éclairant soudain puis redevenant gris sous les nuages qui filaient. Quelques rayons dorés piquaient en oblique sur la Seine, sous des masses d'air sombre. L'eau était verte, presque écumeuse. Délogées par la houle, les mouettes stagnaient sur les berges, attendant que la tempête finisse. Le vent balayait les rues, fouettait ce pont entre deux rives. J'avais besoin de respirer après les cigarettes fumées chez Sontaar. Un garçon est arrivé en face de moi, sa veste chamboulée à cause des bourrasques. Nous nous sommes regardés, il avait les cheveux dans les yeux et moi aussi. Et un sourire. Une ébauche, à l'instant où nous nous sommes croisés. Quelques secondes comme un ralenti ultra-suave, quelque chose de secrètement doux entre deux êtres. Le trottoir est étroit à cet endroit. Nous avons fait un pas du même côté pour nous éviter. Ça n'allait pas. Personne ne pouvait passer. C'est là que nous nous sommes regardés et souri. C'est à ce moment-là que tu es passé en voiture. J'avais le sourire encore sur le visage, les cheveux collés sur ma joue. Il suffisait de déplacer ce sourire adressé à un inconnu pour te le donner, à toi. Il est resté plaqué sur mon visage ce sourire, pour rien, comme ça, pour personne. Tu n'as pas klaxonné. J'ai tourné la tête, c'est tout. Vers toi. L'inconnu aussi. Tous les deux, au milieu du pont, nous t'avons regardé. L'inconnu ne souriait plus, il a fait un pas de côté pour se sortir de là. Il a dit, ah, je crois que c'est pour vous, et il a glissé dans mon dos, comme poussé par le vent. Je me suis retournée pour le voir partir. J'avais envie de lui demander pourquoi il avait dit ça. Tu avais le visage tourné vers nous, tu m'as regardée, tu as détourné les yeux, les voitures démarraient devant toi, tu as démarré aussi. Tout en est resté là. Le vent continuait à chahuter la Seine. Pourquoi tu ne t'étais pas arrêté ? Je me suis appuyée à la balustrade au-dessus de l'eau, les yeux rivés sur les vagues. Un bateau-mouche a glissé sous le pont, dans un bruit de mer, une rumeur d'écume qui régénère. Si j'avais voulu te suivre, je n'aurais pas pu. Où allais-tu ? Deux jours avant, nous nous étions parlé au téléphone. Tu m'avais dit que tu rentrais à Paris pour deux semaines, que tu voulais m'écrire. Je t'avais donné ma nouvelle adresse mais rien n'était arrivé.

Il fallait finir de traverser ce pont mais je n'avais pas envie de le quitter. Il était comme un quai suspendu dans le vide, et le vide, c'était ce qui m'allait le mieux. Sontaar et Ibiza se fondaient dans le fleuve. La lumière avait baissé. J'ai commencé à avoir un peu froid mais je n'ai pas pu me résoudre à partir. Je regardais l'eau obstinément. Je me rappelais la phrase de Sontaar lorsque j'avais « importé » « Pourquoi tu importes des objets chez moi ? », puis il s'était repris, il avait dit « chez nous » – la paire d'ibashi dans sa maison. Je ne savais pas exactement ce que j'avais acheté chez cet anti-quaire, mais plus tard, j'avais découvert que les ibashi, que j'avais pris pour des cache-pot, sont des braseros où les Japonais placent, dans une petite cuve en cuivre, des braises ardentes afin de se réchauffer. De radiateurs portatifs. C'était ainsi que j'avais réalisé que j'avais froid chez Sontaar, froid dans sa vie, entre ses murs. Je le lui avais dit un jour d'engueulade et il m'avait répondu violemment, tu es une femelle qui a toujours besoin de chaleur, comme tous les animaux.

Pourquoi étais-tu passé à cet instant sur le pont et pourquoi si vite dans ma vie ? Tu avais dit, essayons. Nous nous sommes quittés et retrouvés, jusqu'à cette nuit à Londres. Tu avais dit que tu voulais écrire mais tu n'as rien écrit. Tu ne t'es pas arrêté et tu n'allais pas chez toi, ce n'était pas le chemin. Suspendue au-dessus de l'eau, penchée sur le parapet, je me sentais fraîche, libérée. Là, soudain, il s'est trouvé que refluait la peine, reculait le renoncement. Ce pont semblait maintenant la meilleure façon d'envisager les choses, un point de vue suspendu sur le monde. Les autres, les femmes et leur sexe confortable, les familles, les mariages heureux et malheureux, tout cela je pouvais à cet instant le voir avec calme, depuis le pont, en suspens au-dessus du monde, et pour une fois, je me voyais aussi occuper quelque part dans la ville, peut-être avec toi qui venais de passer en voiture, une place plausible et apaisée, inespérée, j'en prenais conscience depuis ce surplomb venté, par-dessus l'eau verte, entre deux rives.

Je ne sais plus combien de temps je suis restée là. Le vent était tombé, d'un coup, comme une ampoule qu'on éteint. La nuit semblait prête à s'adoucir. J'ai remonté la rue François-Ier lentement, exténuée, j'avais froid. J'ai passé les boutiques de luxe, Europe 1, le

restaurant arabe, les cafés. Je regardais les gens
qui me regardaient. Et il me semblait les voir.
Je regardais les femmes, et elles me voyaient
aussi. Pour la première fois, l'autre race ne me
faisait pas peur. Elles étaient là, bien réelles,
j'étais au milieu d'elles et j'étais vivante. J'avais
vérifié plusieurs fois sur mon téléphone portable : tu n'avais pas appelé. Tu n'avais fait que
passer et je croyais comprendre le message.
Ton apparition sur le pont semblait dire simplement que tu étais de passage et qu'il n'était
pas bon de l'ignorer. J'ai remonté vers la rue
Christophe-Colomb par la rue Vernet et la rue
de Bassano. Chaque mètre me rapprochait de
mon appartement dans le ciel, perché sur la
butte, où chaque soir je refaisais le geste de
l'agent immobilier. J'avais la main sur le digi-
code lorsque tu t'es approché de moi si doucement que je n'ai pas eu peur. Tu étais là,
solaire, lumineux. Tu m'as dit que je souriais à
la ville tout à l'heure sur le pont, que j'étais
belle, que je souriais pour rien, que c'était
beau. Tu m'as demandé si je t'avais vu. Et tu
as ajouté, je sais que tu m'as vu. Nous étions
devant la porte cochère, sans nous toucher. J'ai

demandé, pourquoi tu ne t'es pas arrêté. Tu m'as répondu, pour t'attendre ici. J'ai senti qu'il y avait quelque chose à tenter. Tu étais là, devant moi. Ont défilé à toute allure les images de Londres, du palier du cinquième étage, tes messages, la nuit de Hong Kong, le baiser de l'avenue Kléber, la rage naïve de te plaire et cette fête navrante, je me suis revue en train de vomir à la station de taxis. Tu avais dit, essayons, et je ne t'avais pas écouté. Tu m'avais attendue. Tu étais venu me rejoindre devant cette porte, celle qui conduit à mon appartement suspendu. Alors je t'ai dit d'entrer.

Chez moi. Pour la première fois. L'ascenseur nous a tractés vers le sixième étage. J'étais chavirée, comme par le vent sur le pont. Bourdonnements. Vibrations. Vertiges.

Le bouton magique près de ma porte d'entrée, d'un seul coup, a relevé tous les volets roulants et, soudain, nous a fait basculer dans le ciel, perchés sur les toits, sur la houle des pentes de métal et des antennes, des verrières cireuses, des machineries posées en cubes disparates. Dehors, sur la terrasse, aspirations dans les airs. Cheveux pris dans le vent. Peau l'une contre l'autre devant les cimes de béton. Paris à nos pieds. Il m'a semblé que la ville délivrait un message réservé aux heureux. La nuit nous a baignés d'une blancheur arctique, sans contours, au-dessus des toits en zinc. Paris à ciel ouvert. Les nacelles d'acier des avions en virage au-dessus de l'Arc de triomphe ont projeté sur nous leurs feux livides. Tu étais là, si proche. Nous n'avons rien eu à nous dire. Nos bouches étaient liquides. J'ai encore sur la langue le goût d'une grâce infinie. Nous avons monté l'escalier qui mène sur le toit, j'ai entendu tes pas derrière les miens, sur les marches de métal. Tout s'est assemblé en un puzzle de possibles. Danse émouvante de nos doigts, sans paroles. Extrême tremblement des dernières peurs mortes à nos pieds. Énergie de nos désirs pulsatiles. Essayons. Un mot qui a tout changé. Tout. J'ai passé la main dans tes cheveux, mes yeux sur ton visage, sur ta bouche vivante, tes lèvres épaisses. Sur fond de nuit de mai, à la frontière de juin.

Là, sur ce toit nu comme une friche sèche, plateforme minérale et ventée, plage en pleine ville, nous nous sommes retrouvés. C'était la

première fois. Tu as dit oui simplement. Irré-
pressible attraction, tentation de voler. Rompre
avec le sol, demeurer dans le ciel, c'est ce que
nous voulions, là, juchés sur le corps de Paris.
Tu n'étais pas en voyage. Les femmes circulaient au bas de l'immeuble, dans les rues,
dans la ville. Des remparts ont cédé. S'est
ouvert un espace d'ombres et de lumières.

Ce soir, intense sentiment d'assister à une
révélation. La mienne, peut-être. Est-ce la
mécanique naturelle propre à ceux qui se ren-
contrent ? Tu m'as invitée à mettre fin à ma
désertion. Est-ce un acte de foi, une conver-
sion, car ce soir ressemble à une prière. À quoi
me portes-tu à croire ? Que font les femmes en
bas dans les rues cette nuit, depuis combien
de temps ont-elles commencé à croire ? Les
rejoindre ? Ne me réponds pas.

Il me semble que tout disparaît, que je ne me
souviens plus de rien. Tu es celui par qui
advient l'oubli. Celui par qui je cesse d'être
celle que j'étais. Je ne suis plus faite de la même
matière. Je ne suis déjà plus celle que tu as
rencontrée. Cette nuit est un passage. Un pont
vers un autre cercle. Fais de moi ton fardeau,

ton butin, celui que tu dois porter sur l'autre rive. Ce soir, j'ai rencontré un passeur. À peine t'ai-je connu que je sais où finira ta présence. Là-bas, plus tard, dans quelque temps, que nous nous laisserons. Car il n'y a pas de présence infinie. Cette lettre est un contrat. Dans quelque temps, nous ne nous reverrons plus. Je reconnais déjà ta limite, la meilleure part de toi.

Sans dormir je rêve, plutôt non, je vois clair dans cette nuit. Je me sens dégagée de moi-même. Je fuis la fuite. Je descendrai dans quelques minutes dans les rues, dans la ville, pour les voir elles, vers qui tu me portes. Je les détesterai peut-être. Je m'écarterai d'elles. Mais ce sera différent. C'est la fin d'une interminable enfance, le recul de ce temps monstrueusement violent où l'on se vit seul. C'est naïf, vain, lyrique. Sans doute.

Tu es reparti, je te l'ai demandé très doucement. Tu as voulu savoir pourquoi. Je t'ai dit, tu ne peux pas rester. Tu ne me connais pas. Je te l'ai dit très doucement, comme toi, lorsque tu as dit, essayons. Tu ne sais rien de moi. Rien de ce qui me coupe le souffle et me foudroie, rien de ce qui m'agite et me fait revivre, rien de ce qui a failli me faire disparaître alors que je viens d'entrevoir, sur ce toit, une nouvelle invention de moi-même. J'écris à celui qui ne me connaît pas.

Je ne t'appelle pas. Je t'écris.

Composition IGS-CP
Impression CPI Bussière en février 2009
à Saint-Amand-Montrond (Cher)
Editions Albin Michel
22, rue Huyghens, 75014 Paris
www.albin-michel.fr
ISBN 978-2-226-19066-6
N° d'édition : 25844. – N° d'impression   090372/4.
Dépôt légal : janvier 2009.
Imprimé en France